봄은 바라는 향

봄을 부르는 향

二 시집

미강 조숙경 시집

가나북스

시인 프로필 미강 조숙경

충남 부여 출생 | 90' 제 2기 공연예술 아카데미극작평론 수료(문화예술진흥원) | 93'시나리오작가과정 수료(한국시나리오작가협회 부설 영상작가교육원) | 부여 문학동인 | 대한문학세계 수필 부문 등단 | 대한문학세계 시 부문 등단 | 시서문학동인 | 현 (사)한국편지가족 대전충청지회 총무 | 2015년 한국문학 향토문학상 수상

작품
신문집 "무지개빛 꿈 이야기"
시집 "기적의 시간 그 이후"

2016년 07월 20일 초판 발행

지은이 조숙경
기획출판 소원출판사
펴낸이 한상두
디자인 유재헌
홍 보 배성령
제 작 송재호

펴낸곳 가나북스 www.gnbooks.co.kr
출판등록 제393-2009-12호
전 화 031-408-8811(代)
팩 스 031-501-8811

ISBN 979-11-86562-35-2(03800)

· 가격은 뒤 표지에 있습니다.

미강의 시작(詩作)에 대하여

미강 조숙경 시인의 제 2시집 원고 초고를 읽어보라고 놓고 나간 뒤 나는 조시인이 우리집을 출발한 때부터 줄곧 읽기 시작하여 2집 한권을 다 읽어 버렸다.

다 읽었다는 것은 그의 시가 어찌보면 산문 같기도 하여 시를 읽기 시작하자 마자 속도가 붙은 것이다.

시 같기도 하고 산문 같기도 한 것이 조시인의 두 번째 인생이라 하겠다.

나는 시 (아니면 산문이라도 좋다)를 다 읽고 나니 조 시인의 모습이 일렁거리기 시작했고 그가 시작한 것이 무엇인가를 잡힐것 같았다.

그의 생각은 시에서도 나타났지만 첫째로 "그리움"이란 낱말이다 그리움을 알듯이 그려가는 중에 "돌아 오지 않을 사람"의 모습이 떠 올려지고 성공을 위하여 "365일 내내" 알고 있는 그대로를 생각하였다.

그의 시는 깨끗하고 청순하며 마음에 와닿는 것이 있어 보인다.

그가 시 가운데서 절규하는 소리는 모두 그의 삶에서 울어
나는 흐느낌임을 알 수 있다.

시인 鄭芝溶씨가 한 말중에 이런 것이 있다.

"정열과 역량과 진정성을 정리함으로써 시는 시작된다"고
하였다.

또 유도에서 말하는 段(단)을 넘어선 사람은 삶의 애뜻함과
愛(사랑)에 대한 뼈저림을 알게 된다고 말하였다.

조숙경 시인은 벌써 段(단)에 올라 섰고 그만의 괴로움과
흐느낌을 맛 보았고 바램이 무엇인가를 꾸준히 겪고 있음
을 알 수 있다.

그의 바램속에는 아직 채워지지 않은 무엇인가를 두고 염
원하고 있다.

시를 쓰거나 그림을 그릴때도 채워지지 않은 구석이 있다.

그의 시가 한번 요동칠 날이 있을 것이다.

일체의 시나 산문을 읽고 시나 산문의 그윽한 곳으로 한번
요동한다면- 하고 나는 염원한다.

나는 영국의 시인 T.S. ELIOT의 시삭을 보고 맛을 깨달았
다. 그의 시는 물 흘러가듯 소리내어 가며 흘러간 시는 아
니었음을 깨닫게 하였다.

그의 시는 한번 손대었다 하면 천지가 요동할 만큼 크게 울

렁거리지만 그는 그런 시임에도 불구하고 추고를 되풀이
하여 손을 본았다.

가령 EZRO POUND가 편저한 ELIOT의 "황무지" THE
WASTE LAND를 보면 이 황무지의 첫말은 "사월은 가장
잔인한 달"이 아니라 "망자의 묘소"란 소제아에 보지도 못
했던 싯귀가 줄줄이 서두를 열고 있다.

무려 54행이나 되는 시다.

이것은 ELIOT은 전부 연친도 지우고 54번째의 구절 "시월
은…"라고 시작하였다.

그 다음 절에도 또 손댄 흔적이 있다.

이처럼 시상은 추고 때마다 새로이 용솟음처럼 스며 나온
다. 이 추고에 대해 ELIOT는 "내 마음에 들지 않거나 삶에
도움이 되지 잃기 때문"이라고 냉정히 말하고 있다.

이처럼 시상은 쓸 때와 버릴 때가 분명하다.

시인 "미강"도 시상을 풍부히 예리하게 가꾸어야 할 듯하
다. 그가 추구하던 것을 버리기도 하고 새로운 떠올리는 시
간을 갖는 것이 필요하지 않을까 하는 심정이 인다.

靑馬 劉致煥시인을 평하여 金東里소설인은 "무 기교의 기
교"라고 말하였고 金容吉시인은 "시인이 아닌 시인", "시
아닌 시 라는 거대한 역경속"에서 감상하였다고 놀랐었다.

유치환씨는 그가 "생명의 서"라고 하는 시집은 발간하면서 그 서문에서 "나는 시인이 아닙니다" 라고 했다.

그렇지만 그의 시는 많은 사람들이 읽으려하고 존중받고 있다.

시인의 길은 험난하다.

이제까지의 삶에서 더 새로운 삶으로의 도전이 요청되고 있다.

그것을 희망하고 그리워하고 그리고 "추고"하고 하면 더 나은 "내일"이 더 있을 것이라고 나는 조숙경 시인에게 말하고 싶다.

그의 두 번째 시집의 출간을 축하 하면서.

(전)연합통신사장

정 종 식

축하의 글

언젠가 시인이 시를 쓰는 행위를 두고
출산이라고 표현한 글을 본적이 있습니다.

시를 쓰는 일은 그만큼 어려운 예술행위이며 처절한 고통
을 감내해야만하는 숭고한 작업이라는 것입니다.

우리의 삶을 언어로 품은채 인고의 시간을 이겨내며, 시가
완성되기에 그 비유가 썩 설득력 있게 느껴졌습니다.

이러한 어려운 작업을 이어온 소숙겅 시인,
그가 지금까지 다져온 작품들을 한 권의 책으로 엮어 세상
에 내놓음에 대하여 축하의 말을 전합니다.

국회의원
나경원

봄을 부르는 여자 조숙경 시인

조숙경 시인의 시에는
무엇보다 사람에 대한 사랑과 만남에 대한 즐거움이 넘쳐
흐른다.

그의 안에 사랑과 믿음 가득하고,
그런 감정이 자연스레 읽는 이에게 전파되게 하는 부드러
운 힘이 있다.

또한 삶이란 행복한 것이라고 믿으며
그러한 기쁨을 시를 통해 널리 전파하여 많은 사람과 기쁨
을 나누고자 하는 마음이 느껴지는 시들이다.
−내가 진정 원하는 것은/ 나로 인하여/ 만나는 사람들이/
행복해지기를 바란다.

운명을 개척하려는 당찬 모습을 드러내기도 하며,
삶이 가진 소중한 의미를 깊이 살피려 노력한 흔적들이

행간에 짙게 배어있다.
-운명같이/ 달라붙어있는/ 질병 속에서도/언제나 나는 내
일을 말했었다.

시를 음미하고 있노라면,
다양한 장소에서 다양한 이들과 따뜻한 마음으로 진심이
담긴 교류를 해 나가는 시인의 모습이 그려져 흐뭇한 미소
가 입가에 번진다.

그가 삶에 대해 느끼는 것은
우리가 봄을 맞으면서 느끼는 감정이지 않을까?

동원그룹 회장

김 재 철

추천의 글

만남은 짧아도
깊은 공감을 주는 사람이 있습니다.
그저 지켜만 보다가
문득 의기투합하는 사람도 있습니다.
타인처럼 지내다가도
가까운 인연으로 다가오는 사람이 있습니다.
그래서 만남은 인생의 예상치 못한 설레임이자 기쁨입니다.

절제된 시어로 세상과 소통하고
일상 속 시어로 사랑을 표현하고
다정한 시어로 마음을 연결하는 시인을 알게 되었습니다.

시인 조숙경

고속도로에서
여행지에서

작고 큰 모임에서
그녀는 이별과 사랑을 이야기 합니다.

육체적 고통으로 마음까지 흔들리는 병원에서도
희망을 노래합니다.

만나는 사람마다
가는 곳마다
의미를 부여하고
서정을 읊습니다.

일상의 분주함으로 손에서 책을 놓게 한다는 푸념의 세태
가 된 시점입니다.
그러나 조숙경 시인의 시집은
정감있는 세상과 통하는 이 시대 청명한 오솔길이 될 수 있
다고 생각합니다.

건양대학교 총장 의학박사
김희수

추천의 글

시인 조숙경

나는 그녀를 두 번 보았다.
한번은 맨 앞자리에 앉아 내 강연을 듣는 학생으로,
두 번째는 나의 사무실에서.
시인은 요즘내가 만난 사람 중에서 아마도 제일 외로운 사
람이었다.
아니나 다를까 시인이 내미는 시집 첫장을 펴보니
그녀의 시는
'행여 누가 나의 손을 잡아주었으면
누가 나의 마음을 읽어 주었으면..."
하기야 요즈음 외로운 사람이 시인뿐이랴..

사람은 누구나 조금씩은 외롭다.
나만 외로운게 아니라 너도 외롭다,
아버지는 아버지대로 어머니는 어머니대로..

사원은 사원대로 사장은 사장대로
실업자만 외로운가 재벌도 외롭다.
말단 공무원이나 대통령이나 외롭기는 매한가지다.

그럼 우리 사회가 안고 있는 이 고독이라는 병은
무엇으로 치료 할 수 있을까..
고독을 치유할 수 있는 것은 돈이나 힘이 아니라
한 줄의 시구절, 한소절의 노래, 한 장의 그림만이 치유가
가능하다.

그런 의미에서 이 외로운 시인의 시집을 나는 적극 권유하
고 싶다.
왜냐하면
내가 만난 사람 중에 가장 외로운 사람이 쓴 시일테니까...

예술의 전당 사장

고 학 찬

추천의 글

일상의 삶과 감사와 행복의 빛으로~~~
나는 조숙경시인을 십수년 전부터 알고 지내왔기에
그 동안의 삶의 여정을 지켜볼수 있었다.

참으로 독특한 에너지의 자유분망한 영혼이라 생각되어
남다른 관심을 갖고 마음으로 함께할수 있었던 분야가 있
었다.

우리 모두에게는 누구나 저마다의 타고난 재능을 마음껏
발산하고픈 욕망이 있을 것이다.

조숙경시인은
어느순간 숨겨져 있던 재능을 일상의 삶을 통해 일어나는
일들에 순수 담백한 표현으로 희망과 감사의 행복의 빛으
로 승화시키는 시인으로 변화했다.

기대해 본다.

마음껏 순수하고 담백한 영혼의 시를

끊임없이 토해낼 것이라고~~

아픈시련이 키워온 사랑의 시인 조숙경!

〈소원 이루다〉

시련끝! 행복시작! 축하합니다!

(주)MK메디텍 회장

안 은 표

축하의 글

시처럼 살아가는
시와같이 살아가려하는
삶의 모습이 있습니다.

시인의 마음이,
따스함이 있습니다.

역경속에도 열정을 다해 쓴
그 마음과 따스함이 많은 분에게
고스란히 전해졌으면 좋겠습니다.

영 화 배 우, 신영균예술문화재단 이사장

안성기

추천의 글

"힐링 시인'이라고 불리는 미강 조숙경 시인의 첫 시집인 "
기적의 시간 그 이후"를 읽으며 실제로 여러번 뵈었습니다.

조시인님의 "기적의 시간 그 이후" 그 시집도 좋지만 무엇
보다 그녀가 축적된 내공으로 영감을 받아 시를 쏟아낼 때
의 그의 열정에 대해 감탄을 금치 못하였습니다.

"시"는 어떻게 보면 지난 오랜기간 그녀의 아픔을 이겨낸
원동력이자 삶입니다.

그런 점에서 이번 2번째 시집인 "봄을 부르는 여자'는 "기
적이후" "봄을 부르는 삶"을 멋지게 시작한다는 점에서
두 팔 벌려 환영합니다.

베스트셀러 "탱큐파워" 저자이자 땡큐리더십 센터 대표

민 진 홍

목차

서 시

청명한 주말아침
이 순간
나를 사랑하는 사람에게
내가 해야 할 일은 무엇일까
그리고 내가 사랑하는 사람에게
해야 할 일은 무엇일까

우선
나 스스로를 소중하게 생각하고
사랑하는 거겠지

떠남이 아쉬운지
아직 찬 공기가 나 스스로를
비우라고 가르치는 걸

우선
이 아침부터 사랑해야지
고마운 날
오늘
나를 사랑하고
내가 사랑하는 사람들을 위해서.

내 생일

오십이 간다.
지천명!
의미있는 나이

적당한 사연이 있을 듯한 시간
사실 세월이란 녀석은
나를 여지껏 삐거덕거리는 수레에 싣고
허리도 못 펴게 이십여년을 헤메이게 했다.

봄에 태어난 나
분명 나의 이력은 이러했다.
깊은 뿌리가
대지의 기운을 실어 싹을 틔울 때
용기있는 내 어미가
열달만에 품어 세상 밖에 내어놓은
첫딸이라는 타이틀
그래서인지
늦은 겨울과 이른 봄을 오가며
누구보다 진한 인생을 살았다.

이제 나는 나를 위한
삶을 사는 것이 아니다.

나를 생각하고
만나고 싶은 사람들에게 전해 줄
시간을 사들이기 위해

오늘도
나의 태어남을 자랑하며
그들에게 말할 것이다.
나는 행복한 사람이라고.

노시인을 그리며

2013년 3월 28일 내 〈 생일 날〉
노시인에게서 축시를 받았었다.

어제 2016년 또 다시 내 생일 날
그분을 뵈온 지 만 3년
지금 그분은
연무읍 소룡리에 사신다.

노모가 살던 곳
돌아가신 후
그리운 마음에 쉬이 비울 수 없어서
불편한 시골 생활을 하신다.
오랜만에 전화를 걸었다.

그분은 우선
나의 건강을 묻는다.
첫시집출판기념회 이야기를 말하니
축하의 말과 함께
일기가 우선하면 만나자고 하신다.

그리고 말을 이어간다.
시를 쓰는 것도 중요하지만
실천하는 시인이 되라고

내일
몸이 말해주는 일기예보로
내일 비가 올거란다.

순간
선생님과의 만남이
예보하는 비를 그리며
기대가 된다.

탄생의 기쁨을 올해는
그분에게 들려드리고 싶다.

봄에게

사람들이 말하기를
너를 희망이라 말한다.

이른 출근길
공기는 이제 찬기운을 비우고
수줍은 나무들이
이파리에게
모유를 주고 있다.
그 아이는 세 살 이름은 삼 월

오늘 나는
단단한 겨울옷을 벗어버리고
얄팍한 니트를 선택했다.

이른 탓일까
텅빈 버스
나는 나에게 말한다.
자유스러워지려고
이제 비우고
너처럼 푸르게
생각하며
그 분과 하나된
소원을 이루기 위해
함께 할 사람들에게
너의 기운을 그분과 함께
온전히 나에게 실어
너와 사람들의 영혼을 위한
은하수가 되리라.

봄날 아침

봄
너는 지난 해
나의 입술을 훔쳐가고
여행을 떠났다.

그리고
오늘 수줍은 듯 돌아왔다.

너의 빛깔
눈이 부시다.

지독히도 사랑하는
햇살과의 살찐 데이트

버스 안
눈 안에 들어오는
아직은 꽃이 되지 않은
청색 이파리

봄 처녀들
꿈틀거리는 그들에게
예쁘다고 할까
신선하다고 할까

봄
나는 돌아온 너에게
너를 끌어 안는다.

봄이 오는 소리 ⑴

나의 눈이 꽃보다 아름다운 것은
바라볼수 있기 때문이다.

나의 작은 손놀림이 바쁜건
맑은 봄의 눈썹 위에
고운 빛깔을 그리기 위함이다.

나는 지금 물 가까이에서
소리를 듣는다.

봄의 소리
겨우내 가두어 두었던
그 어떤 것을 꺼낸다.

그것은 작지만
누구에겐가 나의 것
나누어 주고 싶은 마음

오늘은 왠지
내게 새로운 날이 열려
청명한 물소리가
나를 더욱 자유롭게 하고

비워진 시간위에
나의 시는 노래가 되어
숨죽여 나를 재운다.

봄이 오는 소리 (2)

따스한 햇살을 가르며
주문하지 않은 칼바람이 스친다.

방동저수지의 나이팅게일
봄을 부르는 여자
힐링을 위한 차를 준비해가며
반가움에
환한 미소로 다가온다.

아직 차가운 느낌이 드는건
봄이 영글지 않음일까?
나이팅게일의 긴 휴가를 시샘한 탓일까?

그녀는 단숨에 비운 잔에
또 다시 칡즙 한잔을 채운다.
모래쯤 날씨가 풀릴거라며
잊지 않고 구순아비의 안부를 묻는다.

너무나 따뜻한 말
우리를 건강 안전지대에 살게 하는 사람
그녀가 만든 칡즙은
쓰지만 약이 되는 매력으로 다가와
봄의 비타민으로 채울 것이다.

그녀의 마음이 담긴 처방전이 되어
예전처럼.

봄날 오후

달리는
고속도로 안에서
나는 봄을 실어 나른다.

아직은 이른 오후
햇살은 해해실실
곰보같은 미소를 짓고
나의 입술은 희망을 노래한다.

때때로
일상의 이야기를 끄집어내는
너른 마음의 시인이고 싶다.

지금 들리는 음악은
언제나 나를 깨우는 교향악

모데라토

아!
오늘 봄은 나를 싣고
나는 봄을 살짝 안고
나의 어깨에 살며시 기댄다.

만남에 대해서

오늘도 그대를 만난다는 설레임에
마음은
소풍가는 아이처럼 분주합니다.

30분 먼저
나를 그대에게 데려다 줄 열차
기다리는데 전화가 옵니다.
몇시 도착이냐고
어젯 밤 칼칼한 김치찌게에
곁들인 소주 한잔
내일을 노래하는 그대의 진실은
그대로 소주 25도시 만큼이나 진했습니다.

이 시간
나의 삶을 송두리째 내어 놓아도
늘 가득차게 하는 그대에게
부족한 저를 내려놓고 싶습니다

어느 사이
하나의 목소리로 이어지는
그대와 나의 말은
이미 약속이 되어
목적지에 가게 하는 친절한 열차처럼
신명나게 달려갑니다.

꿈에 대하여

출장 나온 길
휴일
시샘하는 듯 변덕스럽게 눈발이 내린다.

계란색 원피스에
슈트차림
자리한
전주 한옥 마을 근처의 르윈 호텔
성공한 사람들의 이야기를 듣는 시간

사실 오늘
떠나기 전
습관처럼 그분을 기다렸다.
전화를 건다.
꺼져있는 전화기
문자를 보내며

순간
오늘 하루
그분을 쉬게 하고 싶은 생각이 들었다.

그리고
그분과 나의 시간을
준비할 수 있어야 한다는

호텔의 상들리제
행사를 위해 울리는
터키 행진곡

나도 한때는
호텔의 주인이고 싶었다.
언제나 여유롭게
사람들을 축제의 장소로 만드는 일

그리고 한가지
사람들에게 감동을 주는 시를 쓰고 싶었다.

호텔주인의 꿈은 사라졌지만
이제는 내주쯤
아마도 호텔 주인을 만날지 모른다.

내가 그에게 보여지는 모든 것을
그는 어느 사이 알아차렸다.

그리고 나는
그의 꿈에 파고 들어
한가지 노래를 한다.

오늘
내가 그를 쉬게 하는 날
내일 만날 그를 위해

나도 가만히
내일을 위해
오늘을 내려놓는다.

아!
그는
내게 휴식같은 사람
위대한 꿈.

그리움

금새 종착역에서 내린 사람
이 밤 그 사람을 그리며
하얀 밤 지샌다.

내가 사랑하는 사람
지금 만나야 할 사람
그의 이름은
그리움

기다리는 마음
가두어놓고
물안개 피는 아련함을
홀연히 적어 놓고
쪽빛 〈호수 빛〉 사연 갈무리하여
던지는 속내

다시 내 마음의 열차에 오른 사람

내가 사랑할 사람
그의 이름은
그리움

어느 사이 맺혀 오는
소리 없는 이슬.

다짐 ⑴

꿈속에서
수 만번 만났던 그대
이제 지우련다.

밤새도록
써내려간 비망록
이제 멈추련다.

새삼 그리워 한다는 것이
내가 하는 기억이
이제 생채기만 남긴다.

그는 알거다.
내가 한 사랑이 얼마나 간절한 서정시였는지를

한때 그대는
조각구름 속에 숨어
사계절을 오인하여
망각하는 마법에 걸려 겨울에 꽃을 피어왔다.

이제 그 사람을
시간에 실어
물처럼 흐르게 하리라.

다짐 (2)

이제는 더 이상
벙어리 냉가슴 보이지 않으리라

어차피
그와 나는
만나서는 안되는 철로

이 시간
그와 나의 기억 속에
절여진 첫사랑 그 시절
단발머리
소월의 시를 안주 삼아 그리고
후회없이 사랑 노래 들려 준
순정파 그 사람

주마등처럼 스쳐가는 삼십 해
이제 내려놓고
가슴에 묻으며
타버린 촛불이 준 눈물을
예언처럼 말하리라

그래도
수 만번 되풀이해도
못다한 말
사랑하는 마음
죽어 흙이 되어도
진정 지우지 못하리라.

다짐 (3)

그들이 내게 내밀던 손은
결국 실낱같은 욕심이었다.

믿음에 끼얹은 실망
그래도 외로울 때 기대고 싶은 어깨

힘들 때 함께하길 원했는데
이미 다른 길로 한참을 가는 우리

되돌아오기엔
시간은 기억하기를 싫어한다.

그동안
홀로 지냈던 긴 밤
겨울이기에 더욱 길었다.

이해하고
손 내밀기엔 어렵다는 걸
스스로에게 선언했다.

이제
엇갈림 속에 서로를 이해하고
주장하기를 원한다.

사랑하는 그대에게
드리는 이별의 詩

나는 너를 사랑하고 있어
나는 흔들리지 않아 그건 너를 믿어서가 아니야
그건 너를 사랑하는 나를 믿기 때문이야

이 글은 나시가나코의 사라바라라는
글 속에 나오는 말입니다.
짧지 않은 날
내가 꿈꾸며
당신에 대한 기억과 생각을
이제 내려 놓으려 합니다.

나의 삶속에 당신은 빛이었고 향기였습니다.
긴 투병 속에서도
당신을 그리는 순간은
고통도 잊을 수 있었고
늘 당신을 생각의 중심에 두고 살았습니다.

하지만 이제
당신이 내 안에 있음을 알지만
내가 당신에 있지 않음을 압니다.

몇 해 전 겨울
이맘 때
눈발 내리는 날
떨고 있는 나에게
손수 머풀러를 감싸주며
손잡아 주었던 손
이제 싸늘히 식은 추억의

밑그림이 되어 돌아옵니다.

오늘 또다시 눈이 내립니다.
어제 내린 비
봄인줄 알았는데
아직 떠나지 않은 겨울의 노래였습니다.

사실 제 마음은
당신이 머무르고 싶은
고향이고 싶기도 합니다.

뭇 사람에게서
당신의 소식을 들었습니다.
하지만
이제 예전처럼
제 마음 술렁이진 않습니다.

이제는
당신의 마음을 저보다 더 이해하고
당신을 닮은 사람을 만나
살아가길 빕니다.
보내드려야 하는 제 마음
이제 아리고 아쉽지만
내려놓고 가벼워지려고 합니다.

사람들이 저에게 이런 말을 합니다.
강한 사람이라고
그리고 착한 사람이라고

갓 스물에 만나
첫사랑
당신의 고백의 말 한마디
하늘이 우리를 갈라 놓을 때까지

이제 당신에 대한 생각
내려놓고
쉬고 싶습니다.
잊어버리는 것이
제게 얼마나 힘든일 인줄 알지만
이제 눈감고
지우렵니다.

이 세상 마감하는 날까지
잘 지내시길 빕니다.
사랑하는이여
안녕히.

나의 서울행

이른 아침
옷장에서 봄옷을 꺼낸다.
오늘 가는 행사
이 옷 저 옷 입어본다.

순간
예전에 비해 만만치 않은 몸이
거울에 비칠 때
정말 나에게 '너 불만이다'라고 말한다.

새벽 명절날이나 등장하는 찜솥이
소리를 내기 시작했다.
송편이다.
이맘때부터 봄의 끝자락까지 캐어
반죽을 만들어
입이 궁금할 때마다 빚어주시는
어머니의 간식이다.

끓인 물도 두병 넣고
어느 사이 삶은 계란
손가방이 하나 늘었다.

흐뭇하다.
어머니의 마음이 가득한 것이
나의 어머니가 오늘처럼
오래도록 함께 했으면

경부고속도로

너를 따라서
봄빛 꿈을 싣고 서울로 간다.

아침 내가 하는 거룩한 기도는
햇살을 칭찬하는 시를 쓰게 하고
내 온도에 맞춰
긴 낙서를 한다.

수십 번도 너는 나를
사람들을 만나게 했다.

오늘 만나는 사람은
봄처럼 내게 따뜻한 마음을 전해 줄
귀한 사람들이다.

단 한번의 통화 후
만남의 시간을 정했다.

그린 드림 하이웨이

달리는 승용차 안
오늘도 기대를 한다.

너를 통한
나의 미래를.

사랑이 오는 소리

꿈이였을까?
들려오는 노래의 가사가
지금처럼 감미로울 수가 있을까
도망가버린 그대의 얼굴이
오늘처럼 선명할 수 있을까

서늘한 눈동자의 그대
영리한 시간이 가져다 준 기억 때문에
나이를 잊고 사는 사람

햇살같은 그대
음악같은 그대

언제나 아침이 되어
다가오는 그대
어느때엔 붉은 노을이 되어
호수에 잠겼나가
피어나는 나의 무지개

예쁜 꿈과
그대를 부를 때마다
들려오는
행복한 소리

사랑이 오는 소리.

스크린 스토리

오늘도 만남으로 이어지는 자리

낯설은 시인은
탁자 위에 놓인 구운 계란에 손이 간다.

서늘한 눈동자의 김교수님과
수줍은 인사를 나누고
평소에 존경하는 두 분과 나의 매니저님

한 순간에 날아가 버리는 공
돌아오는 것은 2 : 1
환호 아니면 아쉬움

한 장의 달력을 넘기면서 생각한다.
설레임!
우리네 사는 인생도 그러하지 않을까?

잔잔한 떨림
반듯한 어깨
고른 호흡
내가 대학로시절 연기하던 그 모습이 생각난다.
시간의 흐름 속에
나는 종이호랑이가 아닌 숲을 보게 되고
허허실실 웃음 짓는 행복한 네 분은
아마도 오늘
비상하는 새를 만날 것 같다.

행복 스타킹

내가 진정 원하는 것은
나로 인하여
만나는 사람들이
행복해지기를 바란다.

어설픈 감정으로
가슴에 그 사람을 묻어두고
그를 미워한다는 것은
내 마음에 짐을 넣고 늘 무거운 마음을
가지고 살아야 하기 때문이다.

나의 마음에 상처를 주었더라도
그를 이해하고
용서할 때
내 마음은 자유로와지고
내가 생각하지 못한 기쁨을 가질 수 있는 거라고

이제부터는
나 자신을 돌아봄에 있어
나를 만나는 사람들이
나를 통해
늘 기쁨과 소망을 가질 수 있는
희망의 소리새가 되고 싶다.
행복해 질 수 있음을 알기에.

365일 내내

살포시
그대에게 기대고 싶은 마음

따스한 봄빛 사랑
그대로 실어
전하려 하니
참 편안합니다.

늘 친절한 말
시간 시간 나누는 대화는
늘 저를 돌아보게 하고
내일이 있음을 알게 합니다.

이제 그대는
세상에서 내가 가장 사랑하는 사람
한시도 내 눈에서 떼고 싶지 않은 사람

그대가 있음에
오늘이 있고
내일을 말하게 하고
나의 성공을 노래하게 합니다.

365일 내내.

괴테의 꿈

그가 나를 부를 때
신성 괴테라 말한다.

나는 밤새 배앓이를 하며 토악질 끝에
날마다 그를 통해 새로운 시대에 도전하며
맑고 투명한 시어를 찾는다.

그의 말은 이러하다.
손 잡으려 해도
안아 보려 해도
그것은 혼자만의 욕심이고
내가 할 일은
모든 사람이 사랑할 수 있는 시를 쓰는 힘을 주는거라고

나는 생각한다.
그가 말하는
그와 나의 영역은 어니까지일까?

오늘은 속이 상해
긴 시간
좀 과한 듯한 술을 마시고
새벽열차에 나를 보낸다.

주고 받는 말의 마무리
나는 그에게 사랑한다는 말을 했다.
새벽을 깨우는 북청 물장수처럼

그리고 말한다.
사람들에게 진실한 마음을 함께 나눌 수 있는
따뜻한 사람이 되었으면.

서대전역에서

커피숍
금새 종착역에서 내려
내 키에 맞먹는
액자를 들고 앉는다.
시계를 본다.

아직 그분을 만나려면
한시간 반도 족히 남았다.

이제는 습관처럼
시간이 되면 가장 먼저
아침이면 하루의 시작을 함께 하고 싶다.

아메리카노 한잔
〈그분과 늘 절반씩 덜어 마시는 커피〉
커피를 함께 마시는 것처럼
시작과 끝이 늘 같은 마음이었으면...

어느 때엔 그분을 생각하면
나도 모르게 눈물이 난다.

그분과
시작하는 모든 것이
너무나 크고 깊어서

오늘도 나는 기다림이란 단어를 써본다.
그러나 그리움이란 말은 하지 않겠다.

하루도 거르지 않은
그분이 생각하는 것들이
모든 시간 위에 곱게 포장되어 있으니까

상큼한 음악이
오늘도 나를 춤추게 한다.

사랑의 법칙

사랑받기 원하면
먼저 사랑하라
얼마나 간결한 말인가
얼마나 깔끔한 단어인가

음악이 흐른다.
나는 이해하고
나의 이야기 속에 빠져
사랑받기 위한 도전을 시작했다.

거두어 들인 들판에
다시 거둘 한알의 씨앗을 위한 기도를 드렸다.
기다림이 얼마나 아름다운 꽃을 피울 것인가

사랑은 언제나 승리한다.
2:1의 법칙!

음악은 물 속에 잠긴다.

호수를 닮은 그는
푸른색 장화를 신고
비와 눈의 축제를 열 것이다.

귀가를 하며

먼곳을 다녀와
돌아가야 할 시간
그의 얼굴은 피곤함이 역력하다.
버스시간
금세 떠나고 족히 35분을 기다리란다.

오늘은 그분을 먼저 보내드린다.
큰길가에서 큰소리로 말한다.
잘가라는 그 소리에는 깊은 정이 담겨 있다.
그것 때문에 쉬지 않고 달려온
그와 나의 시간이다.
오늘 너무나 행복했던 시간

돌아오는 길
휴게소에서 구입한 7080CD
18곡 전부를 1시간 넘게
발을 동동 구르며 신나게 불렀다.

비는 계속 내리고
빗속에 내가 가진 소망을 마음껏 쏟아부었다.
35분이 지나 버스에 오른다.
나에게 너무나 소중한 사람
앉으려 하니 저절로 미소가 지어진다.
차가운 유리창에 따뜻한 말을 적는다.

매니저님 사랑해요.

반성문

나이가 들어 출가하면
사람들에게 어미를 친정어머니라 부른다.
어머니

올해 나이 칠십 하나
그분과 나는
사람들이 자매라는 말을 자주한다.

지난 주 나는 진한 싸움 끝에 어머니를 떠나게 했다.
출가 후, 20여년을 같이 살면서
떠난다는 것을 단 한번도 생각한 적이 없었다.

몇 일이 지나도 연락이 없자
마음까지 떠난 것이 아닌가 싶어
핸드폰을 열고 수십번 만지작거린다.

어머니
그분을 생각한다.
오십대 초반
깊은 질병에 빠진 나를 오랫동안 지켜주시며
수없이 기도하며
눈물을 쏟아내야 했던 어머니

이제 칠순의 노파가 되었다.
지치고 지쳐 허탈하기까지 한 그녀의 마음을
위로할 내가
모질게 했으니
모진 행동을 했다는 생각에 내내 잠이 오지 않았다.

다소 어머니의 행동이 나에게 맞지 않는다 해도
나에 대한 희생과 무조건적인 사랑이였기에

그분에 대한 모든 것을 어느 시인의 마음처럼
별을 노래하는 마음으로 사랑해야겠다.

〈어머니 사랑합니다〉

그와 내가 가는 길

이루고자하는 꿈을 위해
나는 날마다 나에게
하루에도 수십번 말을 잇는다.

나를 의식하며
최선을 다하는 삶이 얼마나 소중한 것을
알게 한 그가 오늘따라 궁금해진다.

아직껏 묻지 않았던
내가 한번쯤 하고 싶은 말
지금까지 살았던 시간보다
더 많이 만나고
좋은 말 할 수 있다면

한가지 소원
한결같은 마음으로
성숙해져서
우리가 필요한 사람들에게
정제된 소금이 될 수 있기를

이제는
나에게 속한 모든 것들이
그로 인해 이뤄진다는
지침서를 읽으며
꿈을 꾸는 아침을 선물한 그를 통해
이 세상 가슴이 따뜻한 사람이 되리라.

매니저님에게 드리는 글

어제 제 생일
가장 먼저 당신께서 축하의 말 전했습니다.

모든 일정 비우고
한마음 가진 동화작가 내외분을 모시고
파티를 하러 갑니다.

기다리는 시간
오늘 개봉한 영화 한편을 봅니다.

재미가 없는 지
슬쩍 바라보니 잠이 드셨습니다.
그간
얼마나 힘들었으면
이해하는 마음으로
나는 더욱 영화 속으로 빠져 들려고 합니다.

명이 길다 하시며
사주신 칼국수가 영 속이 편치 않습니다.
늘 나를 어린 아이같이
서툰 젓가락질을 하는 나에게
음식을 내 가까이에 놓아주는 분
나는 수줍음도 없이
늘 고맙고 행복한 마음뿐입니다.

오늘은 어두운 것이 싫습니다.
간간히 걸려오는 휴대폰을 진동으로 놓고
문자도 눈으로만 확인합니다.

오늘은 밤이 새도록 함께 하고 싶습니다.
그런 마음도 모르고 〈그분은〉
오늘따라 서둘러 나를 보내려 합니다

배웅 길
서운한 마음
사정없이 눈물이
가방 안에 쏟아집니다.
뒤도 돌아보지 않고 달려갑니다.
한없이 가고 싶어
우선 종착역까지 열차표를 삽니다.

계룡역을 지나
동화작가 영부인 그녀가 준 편지를 펼칩니다.
오뚜기를 닮은 여인
그녀가 네게 붙인 별명입니다.
스타워즈 BB-8을 생각하며
제게 한 칭찬과 격려의 말이
나의 마음을 재웁니다.

이제 내가 가야 할 길이 어딘 지 알게 됩니다.
내가 갈 곳은 종착역이 아닌
내가 돌아갈 길
내일을 위한 길
성급하고 나약했던 나 자신을 반성하고
제자리로 돌아온 나를 칭찬합니다.
함께 하지 못한
서운함과 아쉬움에
진한 눈물 흘렸지만

돌아와 나의 고향 어머니와 긴 대화 나누노니
소리없는 눈물이 한없이 쏟아집니다.

잠이 드신 어머니
얌전히 이불을 정리해 드리고
따뜻한 물로 샤워를 하고
나 자신에게 말합니다.

오늘 생일을 맞은 미강
너는 정말 아름다운 봄 햇살같이
빛나는 사람이야
사람들이 선택하는 따뜻한 사람이야

눈을 뜨면 들려주는 모닝콜
혹여라도 오지 않으면
내심 걱정 되지만
마음은 고요합니다.

단단한 말로 주문을 외고
잠을 청합니다.

나의 아침을 깨울꺼라고

나의 그에게

그의 눈을 보노라면
신비로움에
나의 마음이 고요해진다.

푸른 산이기에
그의 가슴엔 정의가 있고
그의 생각엔
향기가 난다.

그가 부른 노래는
그대로 내 안에
녹아내려 효소가 되고
날마다 나에게 시를 쓰게 한다.

함께 가는 길
감사하는 일

그가 하는 일은
사람들에게
물감을 주어
행복을 그리게 하는 일

그의 눈을 보노라면
신비로움에
나의 마음은 고요해진다.

귀 향

살아온 세월
너를 보냈던 그곳에
너와 내가 있던 그 자리에
시간을 가두어놓고
나는 지금까지 너와 그곳에 있다.

씻김굿

한계를 넘어선
뼈와 살을 에이는 곡조
한 서린 아리랑

가시리
가시리잇고

니의 슬래야 슬래야
머리카락 보인다.
너의 슬래야 슬래야
머리카락 보였다.
떠날 수 없는 길
떠나야 하는 피멍든 손
하얀 눈물로 지은 옷
벗겨진 고무신 한쪽에 고인 고름
찬서리

가시리 가시리 잇고
너와 나는 아직 그곳에 있다.

"귀향"영화를 보고

만남 〈달구지 막창〉

출판기념회 이후
만나는 이 교수님
〈장소 유성〉
115번 버스 종점
6시 약속– 5분전 도착
막창구이집

마주하여 나누는 이야기 속에
술잔에 담긴 속 내음
된장찌개가 일품이라며
리필하는 이 교수님

간간하게 절여진 양파
토막 난 상추에 얹은 감칠맛 나는 소스
우리네 삶이 이 맛이었으면

오늘은
봄을 모셔와
초저녁 내내 유성에서 보낸다.
서너번 기울인 소주 탓에
달아오르는 얼굴

첫 만남
그날
세 차례에 걸쳐
자정이 다 되도록
유성의 밤을
지금처럼 발갛게 그렸다.
지금은
나의 매니저님이 되신

그분과 함께

우리가 첫손님인 듯한데
다리가 긴 탓일까?
지금
빈자리가 없다.

된장찌개에 불어난
멸치의 몸처럼
오늘 내 마음은
왜 이리도 풍성한지

아침
적은 돈으로 사 입은
개나리 색 니트를 입고
나는 행복한 미소의 봄 처녀
이 마음
누가 알 수 있을까
행복하다.

추억 한마당
소중한 시간
이야기 나누다보니
퇴장당한 정치인 이야기도 나누고

오늘도
첫 만남처럼
돌아갈 시간을 정하지 않고

긴 시간
이 교수님
매니저님
함께 하고 싶다.

대청호에게 주는 말

오늘 너를 찾는 것은
미리 예정된 만남이었다.

언제고 비갠 후에 열리는
안개같은 네 얼굴을 보고 싶은 욕심에

비워 보고 싶은 마음에
조심스레 사람들은 물이라고 말하고
나는 너를 어머니의 자궁이라 말한다.

수많은 사람들의 사연을 듣고
묵묵히 대답하는 고요함
힘든 세상을 살아가는 핑계로
너를 가두어 놓은 것은 아닌지

오늘도 나는 너에게
소중한 만남
귀한 인연의 그 사람에게
말을 하게 된다.

한가지의 뜻
함께하는 자리
너에게 내려놓는 한마디 말

(소원 이루다)

소중한 만남

오늘도 어김없이
나는 떠납니다.

떠나는 시간

그분과의 하루
부푼 가슴 안고 차안에 앉아봅니다.

그와의 시간
차분히 생각합니다.

아! 내일입니다.

흔드는 손의 의미는
제 가슴 머무름의 흔적입니다.

그가 늘 하는 칭찬의 밀
진한 그의 인간 사랑

오늘도 나는
그의 행복학 강의를 들었습니다.

그를 통해
행복이란 녀석은
아주 가까이서 있음을 알았습니다.

오늘 그와의 만남은
다가올 날을
기약한 이별이기에
내일 만남이 정해졌기에

돌아가는 시간이
더 없이 깊어집니다.

50억의 꿈

나는 날마다
이른 아침
시작과 함께
거울을 보며 나를 바라본다.

화장을 고치려 하는 것이 아니다.
이마의 반듯함을 보기 위함이다.
더 진실하려고
더 낮아지려고
나를 내려놓고 산다.

50억의 꿈을 이루기 위해
내 자신이 책처럼 사람들에게 읽혀져
성공신화를 전하기 위해
천만관객을 동원하는
시나리오를 구상하기도 한다.

그러나
금 나와라 뚝딱
로또 당첨은 절대 아니다.

가난한 사람의 마음이 되어
희망의 지휘봉을 들고
살아서 움직이는 열정이다.
거대한 산이 되는 꿈을 꾸는 것이다.

나무 같은 사람

제게 너무나 큰
그늘이 되어 주신 분

오늘 손등에 부쳐주시는
파스가 어느 사이 제 가슴에 저려옵니다.

당신 눈빛 마주한 지 이제 다섯 달

화가 난 모습
성난 목소리
너무나 무서웠습니다.

눈물 바람이 된 저
제 볼을 타고 흐르는 눈물을
손가락으로 닦아주시는 따뜻한 말

제게는 나무 같은 사람
당신의 마음 아프게 해 정말 죄송합니다.

미안하다는 말 전하려 하니
또 다시 왕소금 같은 눈물이 쏟아집니다.

따뜻한 목소리
〈 아침에 전화할께〉

안심입니다
고마워요 그 말 몇 번 되뇌이다
또 다시 눈물이 흐릅니다.

내일을 약속하는
당신이 한없이 고맙습니다.

김삼환 목사님께 드리는 글

샬롬!

새벽잠에서 깨어
자연스레 떠오르는 분이 계십니다.
바로 당신이십니다.

충분히 익은 미소
푸른 이파리
제가 드리는 칭찬의 말입니다.

이 시간 양들에게
수만 번 새벽을 깨우며 진리의 말씀을 선포하셨습니다.
오늘의 말씀이
유난이도 제 가슴을 파고 들어
메아리가 되어 돌아오고
살아온 삶을 말하게 합니다.
고독했고 어두운 터널을 지나온 세월
어느 사이 제 나이 지천명의 나이가 되어
자연스레
신앙 고백을 하게 합니다.

당신께선
사랑을 받으려면
먼저 사랑하라는 진리를 내어 놓으며
마침내 스스로를 사랑할 수 있는 법을 가르치셨습니다.
섬김과 나눔

당신께서 주신 생명이 흐르고 넘쳐
밀알이 되어 긴 호흡을 합니다.

하나님 사람 김 삼 환
예수님을 닮은 사람
세월이 흘러도 당신은
우리들 신앙인의 증인으로서
영원한 등대로 남을 것입니다.

할렐루야.

증언 역사를 읽다

축하의 인파 속에
하나의 물결이 되어 숨죽이며
당신을 뵈옵니다.

세월의 뒤안길에서 마지막 남은
전설이라 말하는 소리에
그만 저는 진한 눈물 쏟았습니다.

제가 가슴으로 읽어드리고 싶던 시
시의 주제처럼
당신께선
과거를 청산하고 오늘 위에 서서
미래를 말하는 예언자이셨습니다.

당신을 보면서
진실은 물음표가 아니며
시간이 가르친다는 것을 알았습니다.

건강을 기원하는 한마디 던지는 저의 말
발걸음이
왜 이리도 무거운 지

새날
새봄 위에
당신 이름 새길테니
이 푸르른 기운 속에
사철 푸르름으로 이어지시길 기원합니다.

김종필님 출판기념회에서

통영 전야

밤새
뜬 눈으로 보냈다.

그분의 영혼을 만나기 위해
나의 기도는
지고하고 순수했다.

그리워진다.
쪽빛 바다 위에 가득한 그분의 영토

설레인다.
그분으로 인하여
바다가 춤을 추고

파도가 생각하는
통영의 꿈을

통영전야

잠이 오지 않는다.
내일 충분히 깨어있을 나를
감지 할 수 있기에
벌써 나는 읽는다.

그가 만들었던
무한한 창조의 길을.

비가 내린다 – 통영

나는 이곳에서
주소가 없는 편지를 쓰려고 한다.
제목을 정하지 않고 시를 쓰려 한다.
예고는 했지만
봄비가 봄꽃을 방황하게 할만큼
폼나게 내린다.

비를 피하려 식당에 들른다.
그분은 기분이 좋은지
예전보다 많은 말을 이어간다.
그의 말에 대답하니
그는 손바닥으로 얼굴을 가린다.
감동이다.
진실이다.

그는 언제나 꿈을 이야기하면
어느땐 어린아이같이 웃기도 하고
어느땐 소리없는 눈물을 흘린다.
그를 보노라면
내 마음은 깊은 우물 속에 풍덩 눈물을 붓는다.
하나가 된 마음의 시간 반년

나는 안다.
그의 맑고 깨끗한 눈물이 이 세상을 사는 사람들에게
얼마나 깊은 사랑이며 감사인가를

그리고
어떤 감동을 주리라는 것을.

윤이상 음악회 폐막공연을 보며

단호한 말로 말하련다.
이것이 끝이 아님을

그의 영혼을 사랑하는 사람들이
이토록 찾아오는데

그분과 나는
늦은 새벽
봄비를 모시고 이곳에 찾아왔다.

깊은 잠을 자던 일기를
잊게 하는 공연

진정한 소리
그 안에
내가 만나야 할 사람
오선지에
그리고져 했던 것

바다였고
그 속에서 소리를 끄집어내는
파도였음을

그리고
영원한 세상에 대한
사랑이었음을.

생애 절반에 부쳐

가만히 눈감고
나는 그림을 그린다.

나를 지배하고 있는
소망이라는 수채화

살아온 하루하루가 내게는
나 스스로를 가르치는 시간이었다.

어린시절
부지런했고
늘 동그라미를 그렸다.

운명같이
달라붙어 있는
질병 속에서도
언제나 나는 내일을 말했었다.
오십해의 삶- 지천명

삼월 스무 닷새날
무릎에 못이 박히듯
엎드려 쓰던 일기는
시가 되었고
그리고 나는
상처받은 사람에게
위로가 될 수 있는
마음의 소리를 담을 수 있는
넉넉한 그릇이 되길 원했다.

하나님께는
내가 왜 이 세상 밖에
왜 나를 내어놓았는지
무엇이 나를 움직이게 하는지

다가오는 삶에 대해
함께 할 수 있는 사람을 만나
많은 것을 가진 것 같은
풍성한 마음이
너무나 따뜻하고 향기가 난다.

아
내일을 위한 노래
아 정말
나의 하루하루가
너무 소중하고 행복하다.

반드시 만나야 할 사람들

토요일 오후
향기나는 단비가 오십니다.
약속 시간 5분 전
신호 대기 중 친절하게 문자가 옵니다.

첫 만남
용전동 선운산 장어구이집

알맞은 실내온도처럼
꽃처럼 화사하고 넉넉한 인상
그분들의 단골인 듯한 집
이웃같은 두분을 만납니다.

새내기 시인의 시 한줄처럼
순결한 아내 단단한 주제의 남편
그들과 나누는 장어구이에 얹은 양념처럼
익어가는 담백하고 살찐 이야기

하얀 꿈들!

어느 날인가 한번쯤 시간을 가두어 놓고
만남을 인연이라 호탕하게 말하고 싶은 사람들

한창 리허설 중인 비

돌아가는 길
오늘이 있음에 감사하며
행복의 이름표를 달은 우리는
함께 한 자리를 가슴에 담고 떠납니다.
다시 만날 날을 기약하며.

사람냄새 나는 식당

오픈 시간은 오후 4시
자그마한 키
서늘한 웃음을 주는 이미지는
백만불 짜리...
봄 여인 그녀가 우리를 반긴다.

옥천 가든
사실
오늘은
그분과 내일 위한 내일을 위해
이곳에 왔다.

뒷고기 2인분에 폭탄주 한 잔
손 맛이 담긴 깻잎 장아찌
초고추장과 나란히 놓인 바다 손님
그분과 나는
우리 마음처럼 부푼 계란찜을 바라본다.

오늘은 속이 상한 일이 있었는지?
다가와 우리에게 이야기를 건넨다.
세 시간 족히 지났을까?
나서려는데...
그녀가 누룽지를 건넨다.
만져보니 따뜻하다.

그녀의 마음처럼
생각하며
나는 그녀에게 말한다.
"감사합니다."
이곳에 오면 사람 냄새가 난다.
샤르트르의 부빌에 비가 오듯이
우리에게도 희망의 단비가 올 것이다.

만남 스케치

백화점 입구
택시에서 내린 사람
난 단숨에 알아차렸다.

오늘 내가 만나야 할 소중한 사람임을...
생각하면
웃음도 나고
싱겁고도 담백한 사연

사우나탕 벌거숭이에서 비로소 옷을 입고
진화한 그녀와 나!

식사의 자리
천진난만한 그녀의 미소
내 나이보다 여덟살이 많은 그녀

언니라고 부르고 싶은 사람
낙지 볶음 위에 얹은 소스처럼
말씨 또한 맛깔스럽고 정겨웠다.

식사를 마치고
자연스레
아드님 신혼 살림집에서 차한잔 하잔다.
슬하에 세분의 아드님을 소개하는 그녀는
얼굴에 행복의 수채화를 그린다.

만남!
아마도 요즈음 내가 한 캐스팅 한 중에

그녀가 가장 적절한 듯 하다.
커피를 끓이는 것도
과일을 깎는 것도
생생한 생활의 대본을 읽는 모습이었다.

겨울 밤
그녀와 나는
들어야 할 돌려줘야 할 이야기를 가두어 놓고
사람과 사람사이에 이어지는 다리가 있음을 알게 했다.

자정이 되었다.
눈처럼 쌓이는 이야기는 진한 삶을 노래한다.

집을 나서는데
꽤나 눈이 많이 내렸다.
곧바로 역으로 향한다.
도착 시간은 0시 4분
역내는 아수라장이다.

사실 오늘 그 소리가 싫다.
그녀와 나의 만남의 신선함이 사라질세라
머그 부츠를 신고 종종 걸음으로 열차에 오른다.

그녀와 나의
소중한 만남을 싣고 꿈꾸는 열차는 달린다.

나는 그녀에게 말한다.
행복합니다.

맛있는 인연

영광승한스님"좋아좋아"출판기념축시

다가가고 싶은 사람
마주보고 싶은 사람

나는 단숨에 알아차리고
그에게 우체부가 되어 만났다.

제법 차가운 날씨
겨울
조계사 앞 커피숍
테이블에 놓인 커피처럼
그의 눈빛은 따뜻했고
사람 냄새가 배어 있었다.

반듯한 이마 속에 써있는 정겨움
오랜 세월 달려온
쉰 여덟의 삶을
더하지도
빼지도 않고 그대로 말해 주었다.
나는 슬며시 쉰살의 나의 이력을 그에게 자연스레 얹어 주었다.

그는
살아가는 일이
수많은 사람들을 만남으로 이어짐이며

긴 세월
영혼을 살리려 하는
그분의 수고가 결코 헛되지 않았음을 알게 했다.
그는 늘 푸른 나무이고

우리네 가슴 속에 살고 있다.
헤어지는 시간
도심의 한복판에서
나는 허락도 없이 그를 와락 안아 버렸다.

차가운 바람도
이순간은
그와 나를 방해하지 않았다.

공연장으로 향하는 도로
정체되는
승용차안에서
운명같은 그와의 만남을
소중하고 감사하다고
입술로 수만번 되풀이했다.

공연장
아직 이른 시간
빈자리
그가 나의 빈자리였음을 알았다.

가방을 놓는다.
오늘은 빈자리에 가방을 올려 놓지만
다음 시간에는
그를 앉게 할 것을
그에게 말해 주고 싶다.

그와의 만남은
물이 흐르는 이치처럼
곱고 예쁘고
행복을 예감하는
건강까지도 지켜주는
36.5도의 만남이었다고.

소중한 시간을 봄햇살에 내어놓고

10시 40분 출발
오늘은
우리가 영부인 그녀를 모시고
반듯한 외아들 생도를 만나러 왔다.

족히 25년은 되었을까?
나에게도 첫사랑 그 사람과
짧은시간
나눈 긴 이야기가 생각난다.
그리움
눈이 아련하다.

가져온 음식을 주느라 신이난 손놀림
어미의 마음이 아닐까?
헤어지는 시간
맑은 웃음을 보이던 영부인 그녀는
"필승"이란 마무리 대사를 말하며
외아들 생도를 끌어 안는다.
아쉬움을 실고 떠나는 승용차 안
그녀는 한동안 말이 없다.
나는 숨죽여 음악을 듣는다.
소중한 분신을 두고온 마음
난는 이미 안다.

사랑하는 사람을 오랫동안 가두어 놓고
시간을 세월처럼 길게 살았기에

오늘 아니지만
모레쯤 영부인 그녀에게 전화를 걸어 차한잔 마시며
말해주고 싶다.
기다림이란 것은 행복을 꿈꾸는 소중한 시간이라고
그리고 생각날 때마다
아들의 꿈...
"별"을 생각하라고???

애인같은 삼겹살

키 작은 삼겹살이 등장한다.
동행한 그녀의 눈빛이
단숨에 단골임을 알았다.

손끝을 말해 주는 파채
가지런한 깻잎이 정갈한 주인네의 마음일 듯싶다.

사나흘 쉬었다는 주인님은
피곤이 역력하여
숙성된 고기처럼 한창 절여져 있다.

콩나물 무침에 무우채 살포시 얹어 놓은데
빠진 것 없느냐고 눈인사로 말하는 매니저님
등장하는 맥주와 그의 친구 소주 한병
추가 신청 2인분

된장찌개에 공기밥
공기밥 속에 얌전히 앉아 있는
보오얀 보리쌀
그 안에
나눌 수 있는 감사를 담근다.
나는 남은 고기 한 점을
그림을 그리듯
상추 한 장 위에 놓고
그분에게 드린다.

흐뭇해 하시는 모습

어느 사이
그분과 함께 한 시간 지내오면서
그분은 나에게 청진기 같은 사람
나는 이곳에 아무래도 자주 오게 될 것 같다.

예 뫼 골

나와 동행한 그분들과 나와 매니저님
숯불 위에 알맞게 익은 고기처럼
아름다운 마음
내일을 위한 노래 부르며 이어가리라.

행복 한잔 & 기쁨 한장

히말라야 영웅의
뜨거운 약속을 가슴에 날리며
돌아오는 길
산사람 그에게 드리고 싶은 막걸리 한 사발
생각이 난다.

달달한 막걸리 한잔과 그의 친구 녹두전
서너번 쯤 왔을까?
달콤한 미소의 미세스파마 머리 그녀가 있는 곳

내 마음일까?
오늘따라
나를 읽듯이 살갑게 반긴다.

오늘 내가 한 일 생각하며
녹두전을 기다리는 시간
벽에 쓰인 읽지 못하는 한자도 환하게 보이고
가지런한 냉장고 안에 술병들이 보물처럼 느껴진다.

성공을 노래하며
도전하는 이야기
우리 시간은 길어진다.

2라운드
막걸리 한 주전자 추가
어느 사이 막차 시간
10시 5분의 기억을 술잔에 비우고 일어서려는데

두툼한 녹두전처럼 그가 하는 말
아! 행복하다.
어때 행복하지.

레이크 힐 커피숍

날씨는 쌀쌀한 평안도 말씨
기분은 느긋한 충청도 사람
겨울이라 말하는 시간!

탑정호!
오늘도 물살을 가르며 머리를 빗는다.
너무나 다소곳하다.
그래도 청솔은 너무 의젓이 추위를 견디며
새내기 시인에게 지조있는 음유시를 짓게 한다.

지금껏 견뎌온 세월
나로 하여금 지금껏 견디면서 〈어려움을〉
고개를 끄덕이며 긍정의 말은 어디에서 오는 걸까

내 안에 놓인 따뜻한 아메리카노
오늘은 시럽을 타지 않을까

첫 만남!
어제 뵈온 그분과 금세 친해져 문자를 나눈다.

세상사는 이야기
나는 생각한다.
내가 기억하고 있는 사람들이
그들에게도 닮은 기억이 되길

레이크 힐
그는 늘 탑정호를 가두어 놓고
매일매일 사람들에게 마음을 전한다.
오늘따라 물살은 한가히 흐른다.

풍경
꿈과 마음이 머무는 자리

봄은 오늘 높은 음자리
봄 사람
나의 기분은 모데라토
백목련 아파트
코스모스 아파트를 지나
오선지가 유인하는 데로 찾는 곳

풍 경
안내하는 이가 귀한 분이라서일까
첫 만남인데
단골손님처럼 대하는
주인네의 살가운 웃음이 향기가 난다.
그녀를 보노라니
아름다운 것은 수려한 용모가 아님을 알게 한다.
자신의 것을 나누어 주고 싶은 마음은
알맞게 익은 칼국수처럼 탱글탱글하고
풀기있는 열무김치를 건네는 손은 정겹다.

다가와
그녀는 나와 동행한 황시인에게
〈점잖은 분들〉이라며 칭찬의 말을 한다.
나는 마음으로 말을 잇는다.
다시 오고 싶은 곳이라고
내 그리움의 숙제가 풀어질 것 같은 곳이라고
돌아오는 길
손잡으며
그녀가 하는 말
〈더 계셔도 되는데〉

꿈과 사랑이 머무는 곳
사계절 내내 음악이 흐르는 곳

오늘 먼 곳에서
나를 찾아 올 손님에게
이 마음 저 마음 전하려 하니

나의 입가에 볼우물은
꽃망울처럼 피어나 순결한 기도를 하게 한다.

풍경
백목련 아파트 코스모스 아파트를 지나
꿈과 마음이 머무는 곳.

여름비〈찍고〉 레이크 힐〈받고〉 탑정호

성급한 바람은
물살 위에 앉아 진한 인사를 한다.

비가 주는 바람의 선물이다.
지금껏 내가 생각했던 것들
내려놓지 못한것들
내려놓고 싶어진다.

아메리카노 한잔을 함께 마시며
먼저 떠난 사람
내일 또 만남을 약속 했지만

우리의 삶
어찌보면 함께할수 없음을 나는 안다.

수만번 비우려해도
다시 채우고 싶은 욕심
자연스레 말한다.
물살 넘어 보이는 산
그와 같이 늘 푸르게 살리라

레이크 힐
이곳에서 만나
비와 바람 나무는
물이 흐르는 이치처럼
늘 깨달음을 주는 희망의 자리

먼저 떠난 사람과 함께 하고싶은
시간의 자리

행복 그리기

기쁨을 전하는 음악 같은 그녀
소리새!
그녀는 나에게 자신을 닮은 꽃다발을 전해 주었다.

그녀와 샵에 들러
이 말 저 말 나누다보니
어릴 적 나처럼 시를 좋아했고 시인이고 싶었단다.
그녀와 나의 나이
미소라는 눈자위에 세월을 읽어본다.
행복은 책임감 있는 사람에게 주어진다.

어느 사이
단골 손님이 되어
그녀는 나에게 맞춤형 옷을 골라준다.
나도 그녀에게 환한 미소가 머무는 시를 선물할 수 있다면...

오늘 나는 그녀와 나보다
깊은 인생의 숲 속을 거닐고 있는
맑은 시가 되고 싶은 사람을 만난다.

요즈음 만나는 사람
왜 그들이 사람들의 시간 속에 파고들어
기억하게 하고
감성의 오선지를 그리게 할까?

예전보다 서두른 일정
그녀의 설레임을 말하고 싶어
숨죽이며 겨울날씨를 타이르는 햇살이 고맙다.
오늘도 나는 환한 미소의
그녀에게 희망의 시계를 차게 한다.

이 한의원

화지동 1번가에 자리한 한의원
이 한의원

청순한 이미지와 텁텁한 모습
사모님과 원장님
친절한 간호사님
그렇게 우리는 가족이 되었다.

문을 〈잠시라도〉열면
스며드는 한약냄새
왠지 이곳에서 좋은 일이 있을 것 같았다.

열한평 남짓의 가계지만
나는 그곳에 판매할 것 대신
꿈과 소망을 진열하였고
나를 찾는 사람들에게
건강을 노래하는 새가 되기로 했다.

누구보다도
부지런한 나의 출근시간
이곳에서 시심을 불태워
첫 시집을 내게 되었다.

너무나 감사한 일이다.
오늘은 모처럼 마주하며 내 속내를 말했다.
그 분은 너무나 또렷한 말로

"약속"이란 말씀을 전해주었다.

나는 그분의 눈빛이
나를 위한 기도를 끊임없이 하고 있음을 알았다.

내가 사는 곳은 화지동 1번가에
자리한 이 한의원 1층 꿈과 미래가 있는 희망의 자리.

천등산에 살어리랏다

천등아비의 탄생에 부쳐

얄리 얄리 얄라셩 얄라리 얄라
천등산에 살어리랏다.

신이 가르쳐 준 예언의 이름
제(濟) 민(民)
보석같은 사람

그에게 거대한 꿈
천등산이 있기에
나는 그의 꿈을 사랑했다.
꿈이 있기에
그는 나에게 영원한 느낌표가 되었다.

연일 고독에서 헤어나지 못하는 사람들에게
그가 주문하는
"소원 이루다!"
그는 우리가 자신의 행복 지수를 높이려는 욕심을
스스로 비우게 하고 정답을 준다.

어느 사이 그는
사람들이 기대고 싶은
희망의 지팡이가 된다.

오늘 나는
이제껏 그가 한 십수년 짝사랑을 훌훌 탈탈 말하게 한다.

호수를 닮은 그의 눈동자에
우주가 있음을 나는 안다.

얄리얄리 얄라셩 알라리 얄라
천등산에 살어리랏다.

히말라야

히말라야 엄홍길대장께 드리는시

우리는 모두가 올라야 할 산이 있다.
그 안에 꿈꾸는 세상이 있음을 알았다.

그것을 보기 위해
그 산을 오르기 위해
도전하는 시간이 필요하다.

매일매일 일기를 쓰듯
달려온 50회의 삶을
갈무리하는 시간의 엇갈림 속에
그들이 보인다.

정상에 선 사람들

환희

그들 안에 우주가 있음을 알게 된다.
이 세상 어떤 것보다 소중한 것은
정상에 대한 철저한 아가페사랑이다.

결국 자신을 던지는 것이다.
자기와의 긴 싸움
터널을 통과하는 과정이다.

히말라야
그것은 희망이다.
내가 날마다 고른 숨을 쉬며
너를 만난다.

그것은 희망 그리고 약속

하얀 꿈.

헤럴드 필하모닉 오케스트라

헤럴드 필하모닉 오케스트라 정기 연주회를 보고

늦은 오후 8시
목요일에 아이는 길을 떠난다는 말처럼
나는 미리부터 길을 떠나 이들을 만났다.

70여명의 새
그리고 비상하는 지휘자님!

그들은 새 계절 봄을 모셔다가
사람들에게 푸른 새싹
녹아내린 눈 속에 따뜻한 대지를 선물했다.

시작을 알리는 경기병 서곡...
그곳에 봄꽃을 그릴 충분한 도화지와 물감이 있었다.

긴 겨울 날을 견딘 건
새 계절같은 봄의 소리
헤럴드 필하모닉!
그대들의 깊은 뿌리였다.

가득찬 객석에서
그려놓은 봄의 수채화!

3.3일
그들과 우리는
생동하는 봄을 가슴에 안고
행복을 그리며 떠난다.

발레의 꿈

영원한 문훈숙님께 드리는 시

우리는 감동을 받았을 때
박수를 보낸다.
환호의 함성과 함께
우리가 그녀의 공연을 보며 하는 일이다.

문 훈 숙
저절로 기억 되어지는 이름
움직이는 조각품
그는 우리에게 무한한 꿈과 함께
어제와 다른 오늘을 바라보는 힘을 준다.
도전이다.

〈천상의춤〉

무대에서 그녀는
자유이고
환상이었다 〈창조〉였다.
그녀의 익은 눈빛
몸짓 언어는
우리의 가슴을 열게하고
그곳에 행복을 가득담아 주었다.
오늘도 우리는 멈추지않는 그녀의 열정에
박수를 보낸다.
"부라보"라는 함성과 함께
행복해지기 위해.

소리꾼 이봉근님께

최고의 추임새를 실어 보내며

애잔한 가사가
수요일 정오
내안에 전해질 때...
이 가슴은 이미 무너졌습니다.

요술램프처럼
나타난 수요일의 주인공
한국인 이 동 근
오늘 소리의 색깔은 청자빛 하늘 이었습니다.
곱씹은 목소리가 주는 울림은
이미 내안에 들어오는 기도 이기도 합니다.
이제는 내가 드리는 소리가
그대의 마음으로 다가가
우리는 한번쯤 사랑하고
            이별한 순간이 있었음을 말하게 합니다.

소리 한자락의 미소
가느다란 추임새
다가가 손잡아 보고 싶은 마음...
두손 모두우고
고개숙인 의미가
그대가 우리에게 어떤 약속을 하는지를?
저는 압니다.
최고의 관객, 제 감동이 계속 이어질것 임을.

민 진 홍

땡큐테이너

해맑은 미소
반듯한 이마
신께서 주신 아침

그를 이땅에 보낸 이유는?
활짝! 마음을 단숨에 열고
나는 그를 햇살에게 보낸다.

그의 마음 그대로
감사의 조건들을
그를 만나며
만남에 대해 생각을 하게 된다.
예전에 만났던 사람들 그를 만나기전 지우려고 했다.

그들과 지냈던 날들
그들로부터 상처 받았던 일들
슬펐던 일
기뻤던 일
시련의 날들

땡큐테이너 민 진 홍
그가 위대한 것은
그 사람들이 소중하다 이름 지으며
그들에게 좋은날을 예비하게 하는 넉넉한 마음을 전해주기
때문이다.

해맑은 미소
반듯한 이마
그를 통해 이어지는 행복지수는
계속 진행 될것이다.

인산家

김윤세
우리가 부르는 또하나의 이름

백세 시대
건강 마라톤 주자
그의 건강 고정체널 365일
매일 건강에 주파수를 맞춘다.

그가 들려주는
신이 나는 건강 흥타령
〈소리 한 자락〉
건강-씻김굿
한 그루의 나무가 이어져 생명의 숲이 되고,
우리가 찾고 있는 건강을 위해 비상하는
숲 속의 주인공 仁山

우리에게 건강은
지식으로 채워짐이 아니라
상식으로 이어짐을 가르쳐 준다.

자연건강 1등 도착
건강 베스트 仁山
건강 베스트 드라이버 김윤세

인산과 함께하는, 그와 우리들의 이름처럼
인간 세상에 윤활유 같은 자연 세상을 꿈꾸며.

옷의 女神

윤순영 그녀를 읊조리다

우리가 살면서
이름을 세워
자신을 알리고 사는 사람이 얼마나 될까?

윤 순 영이라는 브랜드〈그에 속한 사람〉
바로 그녀이다.

신에게 아름다움을 설명한 사람
그것은 신께서
새에게 날개를 주어 비상하게 하듯이
그녀는 우리에게 행복한 옷을 선물했다.

옷 그대로의 혼을 담은
맞춤형 옷의 대명사
우리는 그녀의 옷을 만날 때마다
인생의 희노애락을 느끼며
진한 인생을 입고

그녀는 마침내
우리를 아침이라는 창조의 거울 앞에서
환한 미소를 보이며
행복이라는 말을 하게 한다.

윤 순 영
대한민국 대표옷의 브랜드

제빵의 역사

봄날아침
60회의 세월
대한민국 제빵의 역사를 읽는다.

장인정신
신뢰와 양심으로 오븐을 달군시간
60회의 기념표어
〈밀가루 두포대의 기적〉
하루라도 지난빵은 팔지 않는다는
양심보고서를 듣는다.

매달 모양과 색깔의 다름을 거치며
60회 달려온 빵의 마라톤
제빵의 대명사 임길순의 자
임 영 진
주는것이 결국 받는것이라는
나눔과 사랑의 부푼 이스트
선친이 남긴 감동이 넘치는
봄날오후
60회의 날

성 심 당
마음을 담아둔 기록
대전의 자랑으로 남는다.
빵의 마라톤주자

성 심 당
영원한 이름

이브자리 창립40주년

자유라는 소재
창조라는 주제로 달려온 세월...

제 정 자
깊은 눈동자만큼
신비로운
그녀의 푸른 꿈을 만난다.

가장 화려한 흰색
무명의 가치를 비단으로 만든
오늘 블랙의 바탕위에
버선 한짝이 던지는 의미를 곱씹는다.

그 안에는
우리가 꿈꾸는 작은 우주가 있고
상처를 지유하는 긍정의 카타르시스가 있다.

그러면서
최면에 걸려
자신의 소원을 말하게 한다.
만신창이가 되어 내어 놓은 그의 열정이
버선의 이음새가 되는
씨실과 날실이 되었던 어머니의 긴밤을 그린다.
그녀가 그리는 그림은
그대로의 삶이고
시대를 품고 있는
넉넉한 자유로운 세상이다.

호텔의 여왕

호텔신라 한옥호텔 정부승인 기념축시

그녀가 그려놓은 그림은
사면의 바다
사용되지 않은 땅에 대한 사랑이었다.

늘 그가 가진 꿈은
가까이에 있었고
많은 사람들의 휴식같은 공간을 만들어 주는
아름다운 추억을 가질 수 있는
무지개 철학이었다.

그녀는
강했고
정직했고
그리고 밝았다.
호텔의 여왕
나는 그녀를 선덕여왕이라 부른다.

이 부 진- 신라 그리고 여왕
그녀의 큰 눈 속에 담긴 꿈이
이미
세계로 있음을 나는 안다.

호텔의 여왕- **이 부 진**
나는 그녀를 선덕여왕이라 부른다.

김삼환 목사님께

하나님 사랑 전해 드리며

할렐루야!
하나님의 사람
신앙인의 그림
김 삼 환 목사님

조용한 오후
얌전히 앉아 생각하는 시간을 가져봅니다.
지난밤 거센 바람은 숨을 죽이고
고운 햇살 비추는
탑정호 레이크 힐 커피숍에서
은혜받은 손으로 손편지를 쓰며
목사님께서 주신 축복의 말 커피잔에 담아 마십니다.

오월
아카시아
새 단장한 커피숍이
예전처럼 한가하지 않습니다.

목사님
오늘 하루 주어진 시간이
너무나 소중하고
그리고 제가 가는 길이
곧 믿음임을 깨닫게 하심에 감사합니다.
늘 새날을 맞이하는
희망의 백성이 되게 하신
하나님
그분의 사랑, 당신께 고백하는 이 시간이
너무 행복합니다

조숙경 집사

혜민 스님

고요한 아침
달빛같은 미소의 그대를 만납니다.

모습 보노라니
저는 화가이고 싶습니다.
그대 마음 그리고 싶어서입니다.

두손 모으고 합장하시는
한없이 편안해 보이는 모습 보노라니
밤새 기분 좋은 꿈을 꾸었던
기억이 살아납니다.

지금 내 안에서 정지되어 고개를
끄덕이게 하는 편안한 가르침
오늘은 그대로 가슴에 새겨
서두르지 않고
전화도 먼저 걸지 않고
오는 사람을 기다리는
나 자신을 위한 시간을 가져보고 싶습니다.

달빛같은 그대
일상의 무게에 나를 실어서.

안회장님 전상서

(주)MK메디텍 회장 안 은 표

가슴으로 말하는
따뜻한 화술의 주인공

안회장님
오늘 당신을 만납니다.

생각해보니
십수년을 지금껏 당신을 마음 속에 모시고 살았습니다.
하루하루 내 꿈을 싣고

당신께선 때때로 이런 말을 하십니다.
"사람을 머리로 대하지 말고 마음으로 대하라"

물질은 세월의 흐름 따라 회복 될 수 있으나
건강을 잃는다는 건 전부를 잃는거라고

어느 사이 육십해를 넘은 산같은 당신의 나이
이제 자란 나무
숲이 되어 남긴 말 〈알면 행복, 모르면 불행〉

당신께서 주문하신 건강의 주제
작은 것을 받아도 늘 감사하는 마음을 가진
큰 그릇이 되라는 말을 남기고 떠난 시간
진실로 거듭난 입술로
수만번 되풀이 하는 말

겸손한 마음이 걸러져 나와 효소가 된 시를 짓는
보석같은 사람이 되어
회장님! 당신 한복판에 담긴 정의와 진실이
오늘 유난히 빛이 납니다.

코이카의 꿈

MBC사장 이진숙

연습을 하는 부스
희망의 이력서
이 안에 꿈을 실어본다.

오프닝 무대에선
꿈의 여신

이진숙

그에게서 꿈과 도전의 이력서를 본다.
세계 속에서
생명을 불사르던 열정

그분의 말은
듣는 우리에게 미래를 선물했다.
자신이 해야 할 일에 대해
최선을 다할 때
코이카에서 썼던 이력서는 합격이라고

줄을 이어 쓰는 이력서에
붙인 반듯한 증명사진 같은 사람

오늘따라
그분의 말이 한 옥타브 높게 들려온다.
특채된 소식으로

특파원 보고서

정종식 프랑스파리 특파원

봄햇살 가득한 아침
소풍가는 아이처럼
설레이는 마음으로 도착한 빌라 이층집
따뜻한 두분을 만난 날
너무 마음 가볍습니다.

낡은 테이블에 놓인
차 한잔
한없이 내려놓는 이야기에
눈빛으로 취재하는 특파원님
듣고저 했던 말
가득 담고도
쉬이 일어서고 싶지 않습니다.

가지런히 진열된 음반
음악을 들으며
책읽 듯 설명하시는 모습이
너무나 선명합니다.

주저했던 생각들이 수바등치럼 스쳐갑니다.
〈기록을 시로 읊어 보리라〉
특파원님 파리의 이층집
오늘 방문한 서울 구기동의 이층집

돌아가는 길
감사의 마음 전하며
다음을 약속합니다.

두분의 초대에
그저 행복한 마음을 가슴에 담고
봄햇살 닮은 두분이 진정 예쁩니다.

열정 5월을 닮은

고 학 찬 사장님께

검은 양복
흰색 와이셔츠
청춘을 숨긴 백발
오후 7시- 그를 만났다.

양복 앞주머니에 숨겨진 안경이
궁금할 정도로
나는 그의 가까이에서 그의 명 강의를 들었다.

명명백백
그에게 딱이 어울리는 말이다.
제주도가 고향인 사람
십수년 이억만리를 다녀온 사람
그러하기에
강한 사람
따뜻한 사람

고 학 찬
5일의 마중-3분상영, 처음보는 듯
진지하게 보는 그의 눈
예술이란?
계속 보아도 늘 새롭고, 신비로움이 아닐까?
하나님께서 어린아이 같은 마음이 되라하신 말처럼
그도 뼈 있는 말 똑같이 하시고 떠나셨다.
그분의 생각속에 살면서 이해하는 하모니(정답)
나는 오늘 그분께 감동 그대로를 전해 드려야겠다.
사람을 사랑할줄 아는
위대한 최고의 문화인에게.

기적의 신화 미강이

이종덕님께 드리는 시

오십해의 빛나는 출근길
이제 마감하는 날입니다.
당신께서
마음을 내려놓고 산 삶이
오늘
더없이 가볍습니다.

너무나 많은 일을 하셨습니다.
대한민국 예술인의 아버지
당신은 그대로의 소리였고
무르익은 춤사위였습니다.
2016. 1. 15. 오후 3시
새내기 시인인 저는
손편지로 축하의 말 전합니다.

간단한 말 한마디
〈훌륭한 사람〉
오천만 국민의 예술 교과서
오직 한길
생각하면서
팔순고비 지나온 날들
오늘 위에 살포시 얹어놓고
저는 고백합니다.
가끔씩 당신과 객석에 앉아 감동의 공연을 보면서
행복을 배달하는 우체부가 되고 싶습니다.
사랑합니다 이 종 덕님.

단국대학교문화예술대학원 원장 이종덕

약 속

나: 나라를 위하여
경: 경영하는 것은
원: 원칙과 정도를 지키는 사람

그날
당신이 건넨
한 장의 명함이 만남을 약속하는 정표였습니다.

내가 시를 읽을 때
맑은 미소의 당신은
우물 같은 미소를 주셨습니다.

당신께서 입고 계신
붉은 자켓! 의미를 풀이합니다.

긍정적인 사람
도전하는 사람
이미 당신은 오천만의 합창을 지휘하는
희망과 화합의 소리새입니다.

딸아이의 생일을 잊지 않고
기억하는 어머니의 마음처럼
낮은 자세로
매일 쓰는 일기처럼
오천만에게 이야기를 쓸 수 있는 사람

오랜 기억
당신의 조국이 아름다운 추억이길 빕니다.
오늘도 우리는 기다립니다.
진실한 당신을.

나경원의원

국민의 국민에 의한 국민을 위한

안성기님에게

사랑합니다.
오천만 국민이
당신께 말하는 겁니다.

파란 이파리

당신
우리들 가슴에
희망의 깃발이 되어 날립니다.

세월의 무게에 안긴
눈가에 주름
늘 여유롭게 느껴지는 건
언젠가는 이 세상
마감하는 날 예비됨을 알게하고
우리를 돌아보게 합니다.

오직 한 길
당신의 무지개 인생 모습은
오천만 우리네의
희로애락이 담겨 있고
나침반이 됩니다.

국민의
국민에 의한
국민을 위한 사랑
오천만 국민이 드리는
주제어입니다.

사랑합니다.

멈추지 않은 열정 머무는 감동

봄빛 해를
온 땅에 가두어
따뜻한 마음 온전히 드립니다.

임 권 택

이름 석자에 새겨둔 말
영화의 오케스트라

대사를 시로 읊게 한 사람
한의 실타래를 풀어
신명나는 매듭을 만드신 분

국민의 아리랑
〈서편제〉,
〈취화선〉,
〈천년학〉

우리는 영원히
당신과 길을 떠나며

구름 위에
세월을 싣고

봄빛 햇살 그대로를
당신 한국인에게
팔순고비 인생을 노래하게 합니다.

교육과 건강 혁신- 리더

김희수 총장님께

봄날 아침
달리는 통근버스
벌써 십수년을 달려왔습니다.

건양대병원
이곳에서
기적의 치유
회복이
믿음으로 이어집니다.
오늘아침
고백합니다.
순회하시는 우직한 소나무
살아있는 눈동자의 주인공
당신을 만난날
덥석 다가가 손잡아보고 싶었습니다.

생명을 살리고
사람을 키워온 반백년(50)

이제 100년을 그리는 리더
김 희 수

팔순의 당신을 세월은 오래도록 이땅에
머무르게 할겁니다.
건강의 청진기를 대어보니
당신이 손내밀어
제게 따뜻한 손잡고 계십니다.
〈감사합니다〉

건양대병원 50주년 기념축시

위대한 전설 빛나는 이름

김종필님 자랑스런 육사인상수상 기념축시

하늘은 푸른산
당신을 구름 위에 담긴 전설이라 말하렵니다.
시냇물이 강이 되고
끝내 바다가 되는 것을 가르치신 분

국민의 목소리는
당신을 당선이라는 이름으로 아홉 번
그것은 숫자일 뿐
만장일치였습니다.

오늘 구십해의 삶
조국으로부터
국민으로부터 칭찬을 받으신 날입니다.

당신께선
모죽 대나무의 인내도
드러내지 않고
의연함으로
어머니의 마음으로 사셨습니다.

역사의 교과서에
물음표 대신
정답을 내어주신 분
오늘 받은 상은 보내드린
살가운 님에게 큰 선물로 드리오소서.

바다 사람에게 드리는 시

동원그룹 김재철회장님께 드리는 시

가만히 눈감고
나와 당신의 바다에
살아온 꿈을 담아봅니다.

하루는 밀물이 되어
하루는 썰물이 되어
결국 큰 파도가 무지개였음을 알게 됩니다.

마음이 가는 동원참치 김 재 철
동화 1호 선장

수줍은 듯 썼던 연애편지처럼
설레이는 사람
정제된 소금같은 사람

그대의 꿈을
오늘 제 왼쪽 가슴에 답니다.
희망을 말하는 당신의 그곳에
심장이 있기 때문입니다.
성공하려고 합니다.

성난 파도를 수만번 뛰어 넘어
영원한 선장(장보고)
당신을 만나
소원을 이루려 합니다.
행복해지기 위해서.

바다위에 땅의 역사를 쓰다

동원그룹-제47주년 기념축시

동원
창조와 시작입니다.
꿈의 나이에서〈오직한길〉
성공의길 82세
정도(正道)47년
바다마저 숨죽이며 토해낸 말
오마주(경의)
바람과 파도와 함께 달려온 시간
끊임없는 도전과 혁신의 세월

시간-흐르는 세월이 주는
끄덕임
가르침
그의 이름
꿈의 승선인원 무한대
그에게 바다는 제품이며
고객과 나누는 감동이다.

천연 동원
바다가 준 이름
창조
시작
파도와 바람
새하늘 아래 새땅
동원
그의 혁신 리더
김재철

윤이상님을 그리며

당신께 다가가 적는 방명록
〈조국을 그리고 노래하신 본 숨결을 느끼며〉

하늘과 땅 그리고 바다를
오선지에 그린 주문
당신을 그리움의 주머니에 넣어봅니다.

역사의 수레바퀴 속에서도 늘 우주를 품고 계신 분

그리도 그리던 조국
어미의 품
그리워 가슴에 담아 둔 태극기
사랑

묶일수록 조일수록
자유를 노래한 당신
생각하니 굵은 눈물 쏟아집니다.

잊지않으렵니다.
오늘 그리움에 흐르는 세월이
맑은 햇살과 손잡고
당신을 고요히 초대합니다.
현재 이 시간 위에
영원히.

윤이상 기념관에서

조선의 아침

신문인 방우영님을 그리며

대한민국
조선인 그사람
조선일보=방우영

오천만 아침의 역사를 써내려 간 사람
외길인생
하지만 진실을 말했기에 고독하지 않았던 삶
진한 나이
미수를 맞으며〈88〉

오르막 길에서 내리막 길을 노래한
그는 이제 긴 여행을 떠났다.

도리. 공감. 정보가
그에게 천천히 서두를 줄아는 사람임을 말하게 하고
시대 앞에서
그의 입술은 두터웠고
상처와 아픔을 글로써 봉합하는 치유자였다.

그는 지고한 어머니의 눈물로 세운
야곱의 축복을 받은 하나님의 자녀이기도 했다.

이제 그가 두려워했던 숙제의 아침은
그로 인해 거듭나게 되었고
자유를 노래하는 합창이 되었다.

단 하루도 멈추지 않았던 날들
비움으로서
채워야할 신문경영
우리는 그를 통해
비우고 채우게 되었다.

우리는 이제 안다.
반백년도 훨씬 넘게 호소하는 그의 웅변이

조선이라는 신발을 신고
어떠한 아침을 걸으려 했던가를...

방우영-조선일보
영원한 무지개빛 꿈을 꾸는 소년
그는 우리의 아리랑이 되어
진실이라는 역사의 시계위에 빛날 것이다.

거대한 숲
일민-방우영 대한민국의 자랑

오늘 따스한 햇살이
가슴을 울린다.

미강 조숙경

생애절반에무처

가만히 눈 감고 나는 그림을 그린다
나를 지배 하고 있는
소망이라는 "수채화"
살아온 하루 하루가 내게는
나 스스로를 가르치는 시간이었다
어린 시절
부지런 했고
늘 동그라미를 그렸다
운명같이 달라 붙어 있는 질병 속에도
언제나 나는 내일을 말했었다
오십해의 삶 - 지천명
삼월 스무 닷새 날
무릎에 못이 박히듯 엎드려 쓰던 일기는
시가 되었고 그리고 나는
상처 받은 사람에게 위로가 될수 있는....
마음의 소리를 담을수 있는 넉넉한 그릇이 되길 원했다

하나님 께서는
이제 내가 이 세상 밖에 왜 나를 내어 놓았는지?
무엇이 나를 움직이게 하는지?
다가오는 삶에 대해
함께 할수 있는 사람을 만나
많은 것을 가진 것 같은 풍성한 마음이
너무나 따뜻하고 향기가 난다
내일을 위한 노래
아! 정말
나의 하루 하루가 너무 소중하고 행복하다

120

반드시 만나야

할

사람들

토요일 오후
향기 나는 단비가 오십니다
약속시간 5분전
신호 대기중
친절하게 문자가 옵니다

첫 만남
용전동 선운상 장어구이 집
알맞은 실내 온도 처럼
꽃처럼 화사 하고
따뜻한 인상
그분들의 단촐인듯한 집
이웃 같은 두분을 만납니다

새내기 시인의 시 한줄 처럼
순결한 아내
단단한 주제의 남편
그들과 나누는
장어 구이에 얹은 양념처럼
익어가는 담백하고 살진 이야기

화산 꿈들
어느 날인가 한번쯤 시간을 가두어 놓고
만남을 인연이라 호탕하게 말하고 싶은 사랑은
활활 타버렸으니 비
몰아 가는 길
오늘이 있음에 감사하며 행복의 이름표를 달은
우리는
함께한 자리를 가슴에 담고 떠 납니다
다시 만날 날을 기약 하며····

　　　　　　　미강 소하짐

백화점 입구

웃음도 나고

생각하면
조금 내가 만나야 할 소중한 사람임을...

난 단숨에 알아 버렸다
랙시에서 내리는 사람

식당안 자리
진화한 그녀와 나
사유나람 벌건숨에서 비로소 웃을 십고
심갑고도 당백한 사연

선녀라고 부르고 싶은 사람
내 나의 보다 이상의 말은
천신만한 의미처럼
낙지볶음위에 엎은 숯불처럼 젓기 �췄다
말씨도 맞갈스럽고 마치고

자연스레
아는님 신혼살림집에서 차찬찬 차찬다
아문의 님을 소개하는 그녀는

네분의 아드님을
수채화를 그린다

행복합니다

미강 종욱 겸

겨울밤
과일을 깎는 것도
그녀와 나는 생생한 생활이 내보일 읽으 몽시있다

그녀와 나는
둘이사할 돌려저시찬 이야기를 가두서 놓고
사랑과 사랑사에 이어지는
사랑을 삶음을 알 깨웠다

자정이
되었다
집을 나서는데
깨나 눈이 많이 내렸다

온 처렴 눈이 쌓이노 이야기로 진찬 삶을 노래한다
곧 역으로 향찬다

도착 시간은
아수라장이다

역내는
오라라이다

사실 온 그소리가 나는 쉽다
그녀와 나의
어굴로흐 산고 종종 걸음을 옐차서 올다

그녀와 나의
오중한 만남을 십고
콩구는 연차는 날린다
나는 그녀에게 딸찬다

122

미강 조숙경

맛있는 인연

다가 가고 싶은 사랑
마주보고 싶은 사람
나는 단숨에 알아 차리고
그에게 우체부가 되어 만났다
제법 차가운 날씨
겨울
조계사 앞 커피숍
레이블에 놓인 커피 처럼
그의 눈빛은 따뜻했고
사랑 냄새가 배어 있었다
반듯한 이마속에 써 있는 정겨움
오랜세월 달려온
쉰 여덟의 삶을
더하지도
빼지도 않고 그대로 말해 주었다
나는 슬며시 쉰살의 나의 이력을 그에게 자연스레였어 두었다
그는 살아 가는 일이
수많은 사람들을 만남으로 이어 짐임이여
긴 세월
영혼을 살리려 하는
그분의 수고가 결코 헛되지 않음을 알게 했다
그는 늘 푹로 나무이고 우리네 가슴속에 살고 있다
헤어 지는 시간
도심의 한복판에서 나는 허락도 없이
그를 와락 안아 버렸다
차가운 바람도 이 순간을 그와 나를 방해 하지 않았다
공연장으로 가는 도로
정체 되는 승용차 안에서 운명 같은 그와의 만남을
소중하고 감사하다고 십도로 수만번 되풀이 했다
공연 장
아직 이른 시간
빈자리
그가 나의 빈자리 였음을 알았다
가 방을 놓는다
오늘은 빈자리에 가방을 올려 놓지만
다음 이 시간에는
그를 알게 한 것을 ! 그에게 말해 주고 싶다
그와의 만남을 물이 흐르는 이치 처럼
공고 예쁘고 행복을 예감하는
건강 까지도 지켜주는 36.5도의
만남이었다고 . . . . .

10시 40분 출발
오늘은
우리가 영부인 그녀를 모시고
반듯한 외아들 생도를 만나러 했다

족히 25년쯤 되었을까?
나에게도 첫사랑 그 사람과
짧은 시간
나눈 긴 이야기가 생각난다
그리움
눈이 아련하다

가져온 음식 주느라 신이난 손놀림
어미의 마음 아닐까?
헤어지는 시간
맑은 웃음을 보이던 영부인 그녀는
"필승"이란 마무리 대사를 말하며
외아들 생도를 끌어 안는다
아쉬움을 싣고 떠나는 승용차 안
그녀는 한동안 말이 없다
나는 숨죽여 음악을 듣는다
소중한 분신을 두고온 마음
나는 이미 안다

사랑하는 사람을 오랜시간 가두어 놓고
시간을 세월처럼 길게 살았기에

오늘 아니지만
모레쯤 영부인 그녀에게 전화를 걸어 차한잔 마시며
말해 주고 싶다
기다림이란 것은 행복을 꿈꾸는 소중한 시간이라고
그리고 생각 날때 마다
아들의 꿈 …
"별"을 생각 하라고 ???

이강 조숙경

소중한 시간을 봄 햇살에 내어 놓고

124

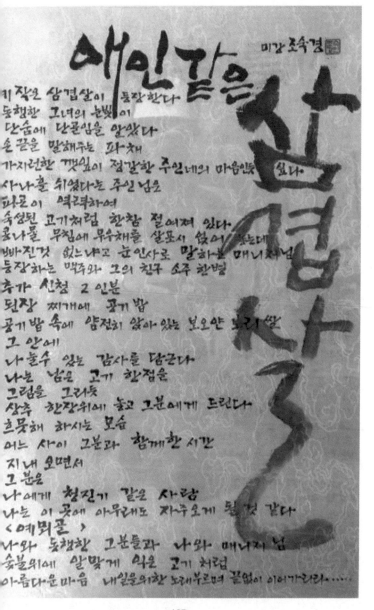

애인같은 삼겹살

미강 조숙경

키 작은 삼겹살이 등장한다
동행한 그녀의 눈빛이
단숨에 단골임을 알았다
손 끝을 말해주는 화채
가지런한 깻잎이 정갈한 주인네의 마음인듯 싶다
사나흘 쉬었다는 주인 님은
피곤이 역력하여
숙성된 고기처럼 한참 절여져 있다
콩나물 무침에 무숙채를 살포시 얹어 주는데
빠진것 없느냐고 눈인사로 말하는 매니저님
등장하는 맥주와 그의 친구 소주 한병
추가 신청 2 인분
된장 찌개에 공기 밥
공기 밥 속에 얌전히 앉아 있는 보오얀 보리쌀
그 안에
나눌수 있는 감사를 담근다
나는 남은 고기 한점을
그림을 그리듯
상추 한잎위에 놓고 그분에게 드린다
흐뭇해 하시는 모습
어느 사이 그분과 함께한 시간
지내 오면서
그 분은
나에게 청진기 같은 사람
나는 이 곳에 아무래도 자주오게 될것 같다
< 에뮈골 >
나와 동행한 그분들과 나와 매니저 님
숯불위에 알맞게 익은 고기 처럼
아름다운 마음 내일을위한 노래부르며 끝없이 이어가리라……

이강 조숙경

사랑·냄새 나는 식당

오픈 시간은 오후 4시
자그마한 키
시원한 웃음을 주는 이미지는
백만불 짜리
봄 여인 그녀가 우리를 반긴다

옹친 가톤
사일
오늘은
그분과 내일위한. 내일을 위해
자유로워지기 위해
이 곳에 왔다

뒷 고기 그신분에 복란주 한잔
손 맛이 담긴 깻잎 장아찌
초고추장과 나란히 놓신 바다 손님
그분과 나는
우리 마음처럼 부푼 계란찜을 바라본다

오늘은 속이 상한 일이 있었는지?
다가와 우리에게 이야기를 건넨다
세 시간 족히 지냈을까?
나 서러운데…
그녀가 누룽지를 건넨다
만져 보니 따뜻하다

그녀의 마음 처럼
생각 하며
나는 그녀에게 말한다
"감사 합니다"
이곳에 오면 사랑 냄새가 난다
샤르트르의 부빈에 비가 오듯이
우리에게도. 희망의 단비가 올것이다

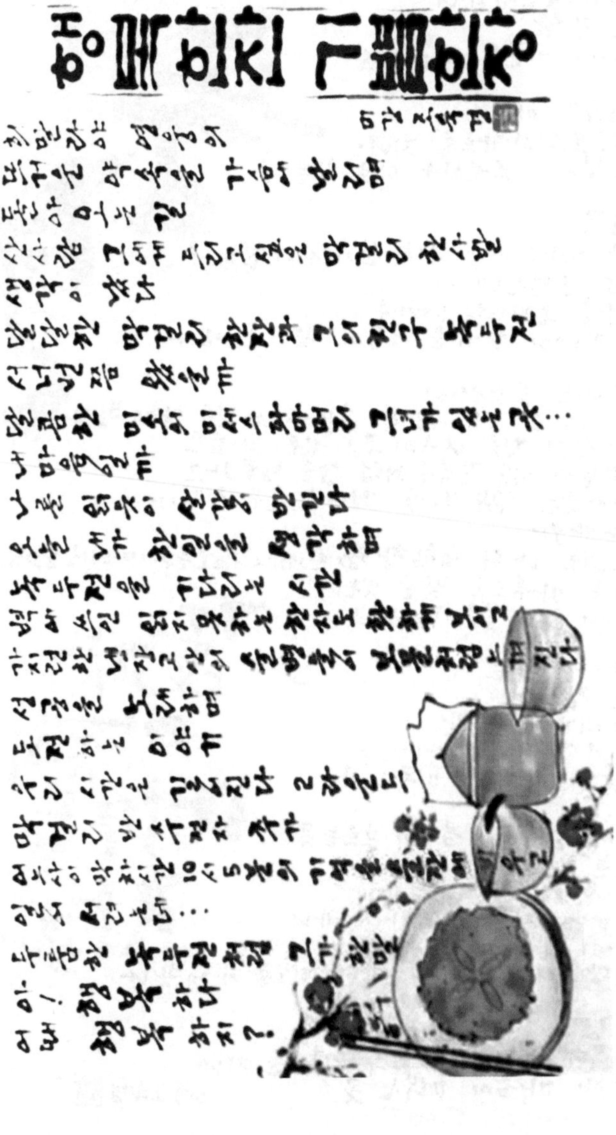

행복하지?

봄은 높은음자리
봄 사랑
나의 기분은 모데라토

백목련 아파트
코스모스 아파트를 지나
오선지가 유인하는 대로 찾은 곳

풍경
안내하는 이가 귀한 분이라서 일까?
첫 만남인데…
단골 손님처럼 대하는
주인네의 살가운 웃음이 향기가 난다

그 너를 보노라니
아름다운 것은 수려한 용모가 아님을 알게 한다
자신의 것을 나누어 주고 싶은 마음은
알맞게 익은 칼국수 처럼 탱글 탱글 하고
물기 있는 열무김치를 건네는 손은 정겹다
다가와
그녀는 나와 동행한 황시인에게 <정말 봄들이라> 며 칭찬의 말을 한다
나는 마음으로 말을 잇는다
다시 오고 싶은 곳이라고…

돌아오는 길
손 잡으며
그녀가 하는 말
<더 계셔도 되는데…>
꿈과 사랑이 머무는 곳…

사계절 내내 음악이 흐르는곳
오늘 먼 곳에서
나를 찾아 올 손님에게
이마음 저마음 전하려 하니
나의 입가에 본 우물은
꽃망울처럼 피어나 순결한 기도를 하게 한다

풍경
백목련 아파트 코스모스 아파트를 지나
꿈과 마음이 머무는 곳

이강 조숙경

128

레이크 힐 커피숍

미간 조숙영

봄은 부드러운 붓

날씨는 쌀쌀한 평안도 말씨
기분은 느긋한 충청도 사람
겨울이라 말하는 시간!

탐정호!
오늘도 물살을 가르며 머리를 빗는다
너무나 다소곳하다
그래도 청솔은 너무 의젓이 추위를 견디며
새내기 시인에게 지쳐있는 음유시를 짓게 한다

지금껏 건너온 세월
나로 하여금 지금껏 견디면서 〈어리음을〉
고개를 끄덕이며 긍정의 말은 어디에서 오는 걸까

내 안에 놓은 따뜻한 아메리카노
오늘은 시럽을 타지 않을까

첫 만남!
어제 뵈온 그분과 금새 친해져 문자를 나눈다

세상 사는 이야기
나는 생각한다
내가 기억하고 있는 사람들이
그들에게도 덣은 기억이 되길

레이크 힐
그는 늘 탐정호를 가두어 놓고
매일 매일 사람들에게 마음을 전한다
오늘따라 물살은 한가히 흐른다

129

여름밤 짓고
레이크 힐 받고 탑정호

미강 조숙경

성급한 바람은
물살 위에 앉아 진한 인사를 한다

비가 주는 바람의 선물이다
지금껏 내가 생각했던 것들
내려 놓지 못한 것들
내려 놓고 싶어 진다

아메리카노 한잔을 함께 마시며
먼저 떠난 사람
내일 또 만남을 약속 했지만

우리의 삶
어찌 보면 함께 할 수 없음을 나는 안다

수만번 비우려 해도
다시 채우고 싶은 욕심
자연스레 말한다
물살 너머 보이는 산
그와 같이 늘 푸르게 살리라

레이크 힐
이곳에서 만남
비와 바람 나무는
물이 흐르는 이치 처럼
늘 깨달음을 주는 희망의 자리
먼저 떠난 그 사람과 함께 하고 싶은
시간의 자리

130

이남 조옥경

기쁨을 전하는 음악 같은 그녀
소리새
그녀는 나에게 자신의 삶을 못다 말로 전해 주었다
그녀의 삶에 들어
이 말
저 말 나누다 보니
어릴적 나처럼 시를 좋아했고 시인이고 싶었단다
그녀와 나의 나이
미소 짓는 눈가에서 세월을 읽어 본다
행복은 책임감 있는 사람에게 주어진다

어느 사이
단골 손님이 되어
그녀는 나에게 맞춤형 옷을 골라 준다
나도 그녀에게 환한 미소가 머무는 시를 선물 할수 있으면 ...
오늘 나는 그녀와 나눈다
깊은 인생의 숲속을 거닐고 있는
맑은 시가 되고 싶은 사람을 만난다
요즈음 만나는 사람
왜 그들이 사람들의 시간속에 파고 들어
기억하게 하고
감동의 오선지를 그리게 할까!
애정보다 서투른 열정
그녀의 설레임을 말하고 싶다
송죽이며 겨울 날씨를 타이르는 겨울 햇살이 고맙다
오늘도 나는 환한 미소의 그녀에게 희망의 시를 쓰게한다

이 한의원

미강 조옥경

화지동 1번가에 자리한 한의원
이 한의원
청순한 이미지와 텁텁한 모습
사모님과 원장님
친절한 간호사님
그렇게 우리는 가족이 되었다
문을 《잠시라도》 열면
스며드는 한약 냄새…
왠지 이웃에서 좋은 일이 있을것 같았다
열 한평 남짓의 가게지만
나는 그곳에 판매 할것 대신
꿈과 **소망**을 진열 하였고
나를 찾는 사람들에게 건강을 노래하는 내가
되기로 했다
누구 보다도
부지런한 나의 출근 시간
이곳에서 시심을 불태워…
첫 시집을 내게 되었다
너무나 감사한 일이다
오늘은 모처럼 마주하여
내 속내를 말했다
그분은 너무나 또렷한 말로 "**약속**" 이란 믿음을
전해 주었다
나는 그분의 눈빛이
나를 위한 기도를 끊임없이 하고 있음을 알았다
내가 사는 곳은 화지동 1번가에 자리한 이한의원 1층
꿈과 미래가 있는 희망의 자리…

천둥산에 살어리랏다

샬리 샬리 샬라셩 샬라리 샬라
천둥산에 살어리랏다

(천둥아비의 탄생에 부쳐)
미강 조숙경 [인장]

신이 가르쳐준 메신의 이름
"제 민"
보석 같은 사람
그에게 거대한 꿈
천둥산이 있기에
나는 그의 꿈을 사랑했다
꿈이 있기에
그는 나에게 영원한 느낌표가 되었다

연일 고독에서 헤어나지 못하는 사람들에게
그가 주문하은
〈소원 이루다〉
그는 우리가 자신의 행복 지수를 높이려는 욕심을
스스로 비우게 하고 정답을 준다

어느사이 그는
사람들이 기대고 싶은 어깨
희망의 지팡이가 된다

오늘 나는
이제껏 그가 한 십수년 짝사랑을 훌훌털털 떨치게 하련다
호수를 닮은 그의 눈동자에
우주가 있음을 나는 안다

샬리 샬리 샬라셩 샬라리 샬라
천둥산에 살어리랏다

소원이루다

히말라야

미주 조숙경 作

우리는 모두가 올라야 할 산이 있다
그 안에 꿈꾸는 세상이 있음을 알았다
그것을 보기 위해
그 산을 오르기 위해
도전하는 시간이 필요하다
매일 매일 일기를 쓰듯 달려온 오십여의 삶을
갈무리 하는 시간의 엇갈림 속에
그들이 보인다
정상에 선 사람들
환희
그들안에 우주가 있음을 알게 된다
이 세상 어떤것 보다 소중한 것은
정상에 대한 철저한 아까해 사랑이다
결국 자신을 던지는 것이다
자기와의 긴 싸움
더 나은 올라 하는 과정이다
히말라야
그것은 희망이다
내가 받아다 고로 숨을 쉬며
너를 만난다
그것은 희망 그리고 약속
하얀 꿈

발레의 꿈

영원한 문훈숙 님께 드리는 시

미강 조숙경

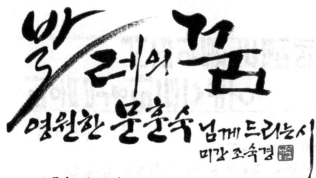

우리는 감동을 받았을때
박수를 보낸다
환호의 함성과 함께
우리가 그녀의 공연을 보며 하는 일이다

문 훈 숙

저절로 기억 되어지는 이름
움직이는 조각품
그는 우리에게 무한한 꿈과 함께
어제와 다른 오늘을 바라보는 힘을 준다
도전이다

〈천상의 춤〉

무대에서 그녀는
자유이고
환상이었다 〈창조〉 였다
그녀의 익은 눈빛
몸짓 언어는
우리의 가슴을 열게하고
그 곳에 행복을 가득 담아 주었다

오늘도 우리는 멈추지 않는 그녀의 열정에
박수를 보낸다
"부라보" 라는 함성과 함께
행복 해지기 위해

소리꾼 이봉근 님께

최고의 추임새를 실어 보내며

미감 조숙경

새잔찬 가사가
수요일 정오,
내 안에 전해질 때…
이 가슴은 이미 무너졌습니다

요술램프 처럼
나타나는 수요일의 주인공
한국인 이봉근
오늘 소리의 색깔은 청자빛 하늘이었습니다

곱씹은 목소리가 주는 울림은
이미 내안에 들어오는 기도이기도 합니다

이제는 내가 드리는 소리가
그대의 마음으로 다가가
우리는 한번쯤 사랑하고
이별한 순간이 있었음을 말하게 합니다

소리 한자락에 미소,
가느다란 추임새
다가가 손잡아 보고 싶은 마음…

두손 모으고
고개숙인 의미가
그대가 우리에게 어떤 약속을 하는지를
저는 압니다
ㅣ
최고의 판켜, 제감동이 계속 이어질 것임을.

민진홍 땡큐테이너

미강 조숙경

해 맑은 미소
반듯한 이마
신께서 주신 아침
그를 이땅에 보낸 이유는?
천직! 마음을 단숨에 읽고
나는 그를 햇살에게 보낸다
그의 마음 그대로
감사의 조건들을
그를 만나며
만남에 대해 생각을 하게 된다
예전에 만났던 사람들
그를 만나기전 지우려고 했다
그들과 지냈던 날들
그들로 부터 상처 받았던 일들
슬펐던 일
기뻤던 일
시련의 날들
땡큐테이너 민진홍
그가 위대한 것은
그 사람들은 소중하다 이름 지으며
그들에게 좋은 날을 예비하는 넉넉한 마음은 전해주기때문이다
해 맑은 미소
반듯한 이마
그를 통해 이어지는 행복 지수는
계속 진행 될것이나

인산家

-김윤세-

자연. 건강하나되는 인산

「내안의 자연이 나를 살린다」
여강 조옥견

김 윤 세
우리가 부르는 또하나의 이름
백세 시대
건강 바라는 주자
그의 건강 고정체널 365일
매일 건강에 주파수를 맞춘다
그가 들려주는
신이 나는 건강 홍타령
< 소리 한자락 >
건강 - 씻김굿
한그루의 나무가 이어져 생명의 숲이 되고.
우리가 찾고 있는 건강을 위해 비상하는
숲속의 주인공 仁山
우리에게 건강을
지식으로 채워짐이 아니라
상식으로 이어짐을 가르쳐 준다
자연건강 1등 도착
건강 베스트 仁山
건강 베스트 드라이버 김윤세
인산과 함께하는. 그와 우리들의 이름처럼
인간 세상에 운환유 같은 자연 세상을 꿈꾸며.

139

옷의 女神

< 윤순영 그녀를 읊조리다 >

미감 조숙경

우리가 살면서
이름을 세워
자신을 살리고 사는 사람이 얼마나 될까?
윤순영이라는 브랜드(그에 속한 사람)
바로 그녀이다
신에게 아름다움을 설명한 사람
그것은 신께서
새에게 날개를 달아 주어 비상하게 하듯이
그녀는 우리에게 행복한 옷을 선물 했다
옷 그대로에 혼을 담은
맞춤형 옷의 대명사
우리는 그녀의 옷을 만날 때 마다
인생의 희노애락을 느끼며
진한 인생을 입고
그녀는 마침내
우리를 아침이라는 창조의 거울 앞에서
환한 미소 보이며
행복이라는 말을 하게 한다
윤 순 영
대한민국 대표 옷의 브랜드

제빵의 역사
聖心堂

봄 날 아침
60 해의 세월
대한민국 제빵의 역사를 읽는다
장인 정신
신뢰와 양심으로 오븐을 달군 시간
60 해의 기념 품어
< 밀가루 두포대의 기적 >
하루라도 지난 빵을 팔지 않는 다는
양심 보고서를 듣는다
매일 모양과 색깔의 다름을 거치며
60해 달려온 빵의 마라톤
제빵의 대명사 임길순 의자
임 영 진
주는 것이 결국 받는 것이라는
나눔과 사랑의 부푼 이스트
선친이 남긴 감동이 넘치는 …
봄날 오후
60 해의 날
성 심 당
마음을 담아둔 기록
대전의 자랑으로 남는다
빵의 마라톤 뛰자
성 심 당
영원한 이름 …

이강 조숙경

봄을 부르는 소리

141

이브자리 창립 40주년

이브갤러리 20주년에 부쳐

제 정자 : 선조의 영혼
미강 조숙경

자유라는 소재
창조라는 주제로 달려온 세월…

제 정 자
깊은 눈동자 만큼
신비로운
그녀의 푸른 꿈을 만난다
가장 화려한 흰색
무명의 가치를 비단으로 만든
오늘 블랙의 바탕위에
버선 한짝이 던지는 의미를 곱 씹는다
그 안에는
우리가 꿈꾸는 작은 우주가 있고
상처를 치유하는 궁정의 카타르시스가 있다
그러면서
최면에 걸려
자신의 소원을 말하게 한다
만신창이가 되어 내어놓는 그의 열정이
버선의 이음새가 되는
씨실과 날실이 되었던 어머니의 긴밤을 그린다
그녀가 그리는 그림은
그대로의 삶이고
시대를 품고 있는
넉넉한 자유로운 세상이다.

호텔의 여왕

미강 조숙경

그녀가 그려놓은 그림은
사명의 바다…
사용되지 않은 땅에 대한 사랑이었다

늘 그가 가진 꿈은
가까이에 있었고
많은 사람들의 휴식 같은 공간을 만들어주는
아름다운 추억을 가질 수 있는
무지개 철학이었다

그녀는
강했고
정직했고
그리고 밝았다

호텔의 여왕
나는 그녀를 "선덕여왕"이라 부른다
이부진. 신라 그리고 여왕
그녀의 큰 눈속에 담긴 꿈이
이미!
세계로 있음을 나는 안다
호텔의 여왕. 이부진
나는 그녀를 "선덕여왕"이라 부른다

김삼환 목사님께
하나님 사랑 전해드리며
미감 조숙경

할렐루야!
하나님의 사람
신앙인의 그림
김삼환 목사님

조용한 오후
얌전히 앉아 생각하는 시간을 가져봅니다
지난 밤 거센 바람은 숨을 죽이고
고운 햇살 비추는
람정초 레이크 힐 커피숍에서
은혜 받은 손으로 손 편지를 쓰며
목사님께서 주신 축복의 말 커피잔에 담아 마십니다.

오월
아카시아
새 단장한 커피 숍이
예전 처럼 한가하진 않습니다
목사님
오늘 하루 주어진 시간이
너무나 소중하고
그리고 제가 가는 길이
곧 믿음임을 깨닫게 하심에 감사 합니다
늘 새날을 맞이 하는
희망의 백성이 되게 하신
하나님
그분의 사랑. 당신께 고백하는. 이 시간이
너무 행복 합니다

조숙경 집사

144

혜민스님

미강 조숙경

고요한 아침
달빛 같은 미소의 그대를 만납니다
모습 보노라니
저는 화가이고 싶습니다
그대 마음 그리고 싶어서 입니다
두손 모으고 합장 하시는
한없이 편안해 보이는 모습 보노라니
밤새 기분 좋은 꿈을 꾸었던
기억이 살아 납니다
지금 내안에서 정지 되어 고개를
끄덕이게 하는 편안한 가르침
오늘은 그대로 가슴에 새겨
서투르지 않고
전화도 먼저 걸지 않고
오는 사람을 기다리는
나 자신을 위한 시간을
가져 보고 싶습니다
달빛 같은 그대
일상의 무게에 나를
실어서···

2016. 2. 23.

안 회장님
전상서

미강 조숙경

가슴으로 말하는
따뜻한 한들의 주인공

안 회장님
오늘 당신을 만납니다

생각해 보니
십육년을 지금껏 당신을 마음 속에 모시고
살았습니다
하루 하루 내 꿈을 싣고
당신께선 때때로 이런 말을 하십니다

" 사람을 머리로 대하지말고 마음으로 대하라 .

물질을 세월이 흐름따라 회복 될수 있으나
건강을 잃는다는건 전부를 잃는 거라고 · · ·

어느사이 육십해를 넘은 산길로 당신의 나이
이제 자란 나무
숲이 되어 남긴 말
< 함면 행복. 보이면 불행 >
당신께서 주문하신 건강의 주제
작은 것을 받아도 늘 감사하는 마음을 가진
큰 그릇이 되라는 말을 남기고 떠난시간
진실로 깨닫난 삶으로
수만년 되풀이 하는 말
겸손한 마음이 불러져 나와 효소가 된 시를 짓는
보석 같은 사람이 되어

회장님. 당신 한복판에 담긴 정의와 진실이

오늘 유난히 빛이 납니다

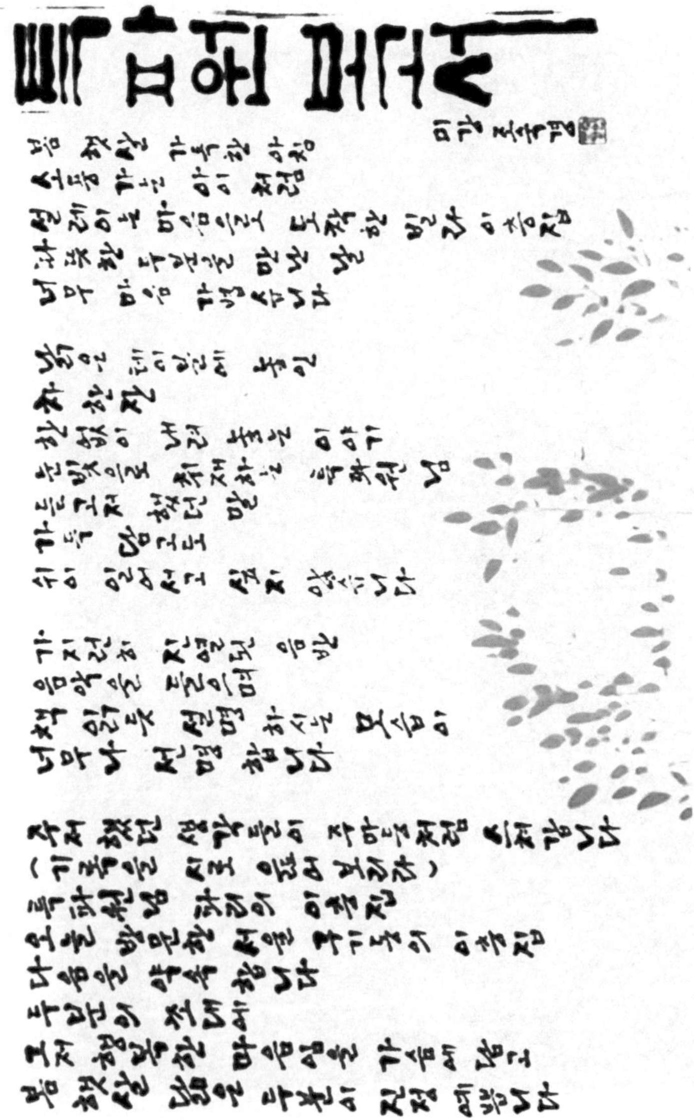
봄 햇살 가득한 아침

열정 5월을 담은

고학찬 사장님께

미강 조숙경 🔲

검은 양복
흰색 와이셔츠
청춘을 숨긴 백발
오후 7시 - 그를 만났다

예술의전당
고 - 고귀한
학 - 학의 자태
찬 - 찬란한 아침

양복 앞주머니에 숨겨진 안경이
궁금할 정도로
나는 그의 가까이에서 그의 명강의를 들었다

명명백백
그에게 딱시 어울리는 말이다
제주도가 고향인 사람
십수년 이억만리를 다녀온 사람
그러하기에
강한 사람
따뜻한 사람
고 학 찬
동일의 마중 - 3분상영, 처음보는 듯
진지하게 보는 그의 눈
예술이란?
계속보아도 늘 새롭고 신비로움이 아닐까?
하나님께서 서린아이 같은 마음이 되라하신 말처럼
그도 빼어 있는 말 똑같이 하시고, 떠나셨다
그분의 생각속에 살면서 이해하는 하모니<정답>
나는 오늘 그분께 감동 그대로를 전해 드려야 겠다
사람을 사랑 할줄아는 위대한 최고의 문화인에게.

149

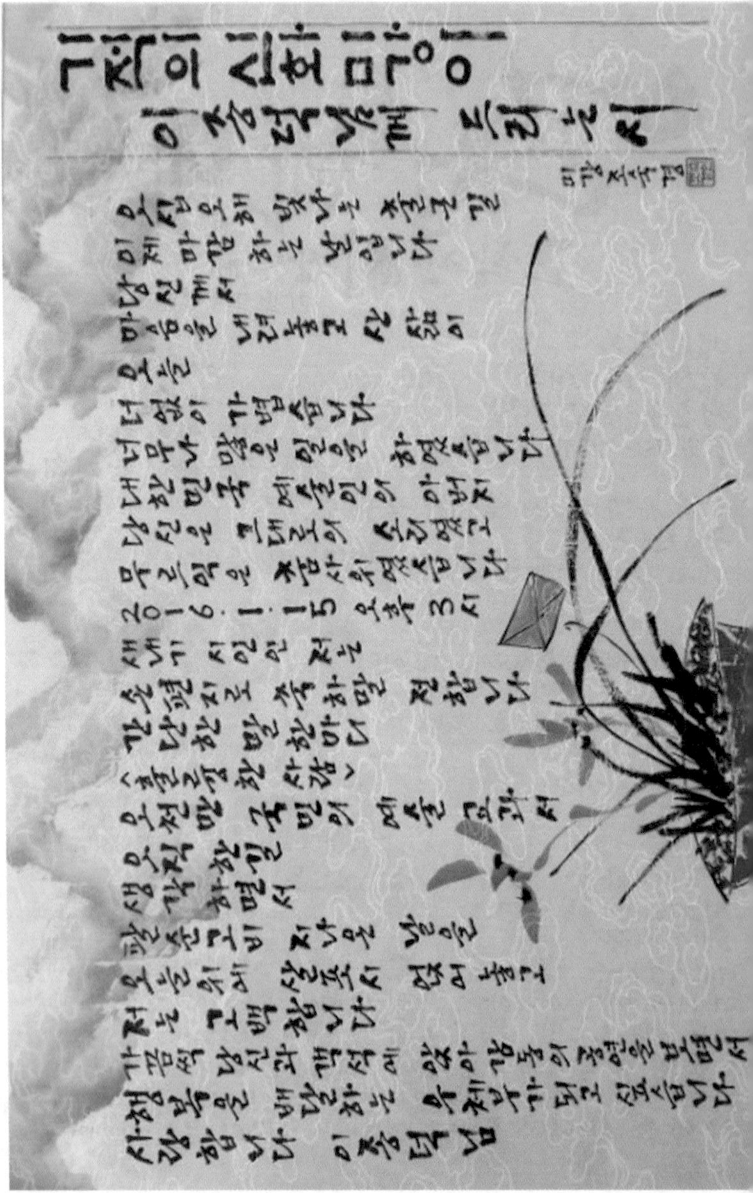
기적의 신화 미강이
이종덕 님께 드리는 시
미강 조숙경
오십오 해 빛나는 출근길
이제 마감 하는 날입니다
당신께서
마음을 내려놓고 산 삶이
오늘
더없이 가볍습니다
너무나 많은 일을 하였습니다
대한민국 예술인의 아버지
당신은 그대로의 소리였고
무르익은 춤사위였습니다
2016. 1. 15 오후 3시
새내기 시인인 저는
손편지로 축하말 전합니다
간단한 말 한마디
〈훌륭한 사람〉
오천만 국민의 예술 교과서
오직 한길
생각하면서
팔순고비 지나온 날을
오늘 위에 살포시 얹어놓고
저는 고백합니다
가끔씩 당신과 객석에 앉아 감동의 공연을 보면서
행복을 배달하는 우체부가 되고 싶습니다
사랑합니다 이종덕 님

약속

나⋯ 나라를 위하여
경⋯ 경영 하는 것은
원⋯ 원칙과 정도를 지키는 사람

그날 당신이 건넨⋯
한장의 명함이 제게는 만남을
예정하는 정표 였습니다

내가 시를 읽을 때
맑은 미소의 당신은
우불 같은 미소를 주었습니다

당신께서 입고 계신 붉은 자켓
의미를 풀이 합니다
긍정적인 사람
도전 하는 사람
당신은 오천만 국민의 함창을 지휘하는
희망과 화합의 소리새 입니다

딸 아이의 생일을 잊지 않고 기억하는 어머니의 마음처럼
오천만의 <가슴속에>
오늘도 우리는 기다립니다
선한 눈동자의 주인공
진실한 당신을⋯

미강 조숙경

151

국민의 국민에 의한
국민을 위한 안성기님

사랑합니다
오천만 국민이 당신께 말하는 겁니다

파란 이파리
당신
우리들 가슴에 희망의 깃발이 되게 날립니다
세월의 무게에 앉긴

눈가에 주름
늘 여유롭게 느껴지는 건
언젠가는 이 세상 · · ·
마감하는 날 예비 됨을 알게 하고
우리를 돌아 보게 합니다

오직 한길
당신의 무지개 인생
모습은
오천만 우리네의 희노 애락이 담겨 있고
나침반이 됩니다
국민의 국민에 의한 국민을 위한 사람
오천만 국민이 트라는
주제어 입니다
사랑 합니다

미강 조숙경

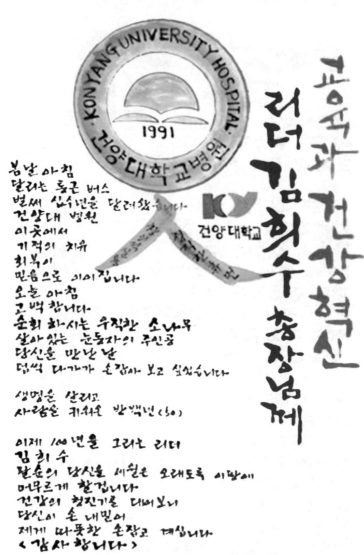

KONYANG UNIVERSITY HOSPITAL·
건양대학교병원
1991

건양대학교

교육과 건강혁신
리더 김희수 총장님께

봄날 아침
달리는 통근 버스
벌써 십수년을 달려왔습니다
건양대 병원
이곳에서
기적의 치유
회복이
믿음으로 이어집니다
오늘 아침
고백 합니다
순회 하시는 우직한 소나무
살아 있는 눈동자의 주인공
당신을 만난 날
덥석 다가가 손잡아 보고 싶었습니다

생명은 살리고
사람을 키워온 방백년(50)

이제 100년을 그리는 리더
김희수
불후의 당신을 세워둔 오래도록 이땅에
머무르게 할겁니다
건강의 청진기를 대어보니
당신이 손 내밀어
제게 따뜻한 손잡고 계십니다
< 감사 합니다 >

미강 조옥검

동원

제 47주년 기념 축시

바다위에 펼쳐질 역사를 쓰다

이강 조수경

동원
창업과 도전 이루다
도전이 나아갈 (어제 희망)
성장의 끝이 보인
중심도(正導) 47년
바다와 저 수족이 담긴 통합지를 담은
어망주(亡이)
파릇파릇 피고지며 빛나며 바람에 싣고
깊이앓으며 뜨거리는 한걸이 오월

끝이 없는 시 —이리니 본 생명이 주르
가끔 뜨거워
그 위의 이름
꿈이 숨쉬 일어 말하면
깊어져 바다를 저물이며
깊게 잔 나누는 값들이다

바다위에 펼쳐질 동원
바다라서 큰 이름
창업도전 시작해서
끝푸른 바람
동하하늘 아래 새 땅
동원
그의 헤쳐 나간
창업 길을 걷는다

조선의 아침
-신문인 방우영님을 그리며-
이갑 조숙경

대한 민국
조선 일보 - 방우영

오천만 아침의 역사를 써내려 간 사람
한길 인생
하지만 진실을 말했기에 고독하지 않았던 삶
자유를 찾으며 <83>

오로지 길에서 내려온 길을 노래한
그는 이제 긴 여행을 떠났다

도리, 공감, 정보가
그에게 펼쳐져 세상을 살아가는 사람들을 말하게 하고
시대 앞에서
그의 입술은 두려웠고
상처와 아픔을 글로서 불합하는 치유자 였다

그는 지고한 어머니의 눈물로 세운
아들의 축복을 받은 하나님의 자녀이게도 였다

이제 그가 두려워 했던 숙제의 아침은
그로 겉에 거듭나게 되었고
자유를 노래하는 함성이 되었다

달라주도 옅지지 않았던 날은
배움으로서
적어야 할 그의 신문 경영
우리도 그를 통해
비우고 채우게 되었다

소리는 이제 않다-
반석년도 철인 넘게 호소하는 그의 음멘이

조선이라는 신발을 신고
서러한 아침을 걸으려 했던 가로....

방우영 - 조선일보
일원히 무지개빛 꿈을 꾸는 소년
그는 우리의 아리랑이 되어
진불이라는 역사의 서계취에 빛날 것이다

거대한 숲
일본-방우영 대한민국의 자랑

오는 따스한 햇살의
자음을 울린다.

윤이상님을 그리며

미광 조숙경

당신께 다가와 적는 방명록
〈조국을 그리고 노래하신분 숨결을 느끼며…〉

하늘과 땅 그리고 바다를
오선지에 그린 주문
당신을 그리움의 주머니에 넣어 봅니다

역사의 수레 바퀴속에서도 늘 우주를 품고 계신분
그리도 그리던 조국
어머의 품
그리워…
가슴에 담아둔 태극기
사랑
묶일수록 조일수록
자유를 노래한 당신
생각하니 굵은 눈물이 쏟아 집니다

잊지 않으렵니다
오늘 그리움에 흐르는 세월이
맑은 햇살과 손잡고
당신을 고요히 초대 합니다
현재 이 시간위에
영원히…

159

시인의 말

미강 조숙경

시란 무엇일까?
시를 읽는 사람들에게 최소한 시가
어떤 것인가를 보여줘야겠다는 생각을 하게 된다.

제 1시집 〈기적의 시간 그 이후〉 내고
제 2시집 〈봄을 기다리는 여자〉을 또 내어 놓고
나 스스로에게 질문을 던진다.

시는 나에게 현실 속의 아픔과 고통을 최소한 정리되게 하였다.
다시 말해 내일에 대한 기대와 약속이 들어 있었다.

나는 올해 지천명의 나이에
18년의 투병 생활이 오늘 내가 시인의 길을 가는 이유가 되었다.

이 시대에 살면서 내가 앓았던 정신질환
발병 이후 속수무책으로 병은 계속 진행되었으나
한결같이 지켜주신 어머니와 가족의 보살핌으로
지금은 많이 회복하게 되었다.
오늘도 정기검진을 받으며 한달 분 약을 받아왔다.

나 자신에게도 놀라운 일은 20대 초반
긴 시간 동안 나는 문학소녀였던 그 시절보다도
더 맑은 정서가 담긴 시를 쓰고 있다는 것이다.

20대 초반 꿈 많았던 서울 하늘 아래에서 자유인으로 살았던 기억이
난다.
한때 멋진 희곡 작품을 쓰겠다는 생각에 공연 예술 아카데미를 마쳤고
국민이 함께 할 수 있는 휴먼 스토리를 쓰는 시나리오 작가가 되기 위해
영상작가교육원의 수업을 했다.

서울을 택했던 건
내게 있어 최고의 공간에서 최대의 공연을 만끽하는 즐거움이었다.
대학로의 스낵코너에서, 충무로의 레스토랑에서 일을 해 얻은 노동의
댓가에서
객석을 지키는 것은 내게 있어 큰 의미있는 시간이었다.

그러나 나의 삶을 송두리째 바꾸어놓은 사건이 있었다.
어떤 사람을 만남으로서 사랑을 알게 되었고
귀향하여 결혼도 하고 슬하에 두 딸도 두게 되었다.
그리고는 사람과 사람 사이에서 가장 적응된 사람으로 변해갔다.

경제적으로 풍요로운 생활을 하였으나
늘 나는 목마른 사슴처럼
늘 그 어떤 것인가를 찾고 있었다.

단숨에 마시는 물이 아닌 물을 가두어 놓은 호수이길 원했다.

한가지 기억되는 것은 영화배우 김지미님의 초청으로
국립극장에서 열린 대종상영화제 시상식에 참석하게 되었다.
그날 나는 내 자신이 가지고 있는 감성이 꿈틀거림을 느꼈다.

그리고 이듬해 부산에서 열리던 제 1회 국제 영화제에 3살난 딸아이(지금은 대학 4학년이다)를 데리고 간 기억이 난다. 그때 나는 고가의 카메라를 잃어버렸다.
결국은 아이러니컬하게도 그날 이후로 일상의 세월에서 갈등하였고 사랑했던 남편의 배신과 믿음에 대한 충격에 나는 정신적으로 흐너져 버렸다.

그러던 중에
이 세상 모든 것이 무너지는 슬픔
그것은 이 세상에서 가장 사랑했던 친정아버지의 죽음이었다.
그분을 땅속에 묻고 나는 열흘 동안 식사도 하지 않고 소처럼 울었다.
그에 대한 충격으로 나는 말문이 닫혀 그렇게 5년을 보냈다.

그러다 나는 백지 위에 말이 아닌 글로서 그 무엇인가를 쓰기 시작했다.
어느 형식을 따르지 않고 때로는 수필로 때로는 시로 나는 말을 하게 되었다.
어느 사이 긴 시간, 아니 세월이 흘렀다.

고통의 순간

다시 찾아오지 않았을 글을 쓰는 것에 대한 설레임…

하나님께서 이런 나에게 긴 어둠을 깨고

너무나 소중한 분을 보내 주셨다.

아침을 깨우는 사람

세계에서 하나뿐이라 말하는 시인의 매니저님을

그분은 내게 18년의 묶이고 조여있는 마음을 열게 하였고

시라는 것을 쓰게 하셨고, 들어주셨고

그리고 그는 시라는 그들의 집을 지어 주셨다.

10여 개월이 지난 후

나는 변신하였고 제 1 시집의 출발점에서 제 2시집을 완성하게 되었다.

제 1시집은 헤어진 가족 딸들과 남편에 대한 그리움과 사물을 그렸다면

제 2시집은 과감하게 그리움의 차원을 넘어서 사회적인 시각 속에서

사람들에게 희망을 노래하는 시를 쓰게 되었다.

시인의 말을 쓰고 있는 데 핸드폰이 울린다.

멀리 아르헨티나에서 38시간 비행의 여독과 피곤함도 잊고

나의 손편지를 읽고 바로 전화 주신 분 문정희시인이다.

그분은 짧지만 이런 말을 했다.

"우리가 서로 알았으니까 이제 된거예요"

오래 전(여고시절) 문정희 시인은 내가 보낸 편지의 답장으로
시집과 오늘처럼 짧은 글을 주셨다.

"우리가 무슨 말이 더 필요할까요? 우린 시로서 다 말했던 것을"

내 자신의 슬픔
그것이 결코 이유 없는 슬픔이고 이별일리 없다는 생각을 한다.

내가 가슴에 새겨둔 문구가 있다.
"신은 모든 새에게 먹이를 제공한다.
그러나 둥우리에 던져주지 않는다
타는 목마름으로 갈구하면 모든 것을 이룰 수 있다"

이렇듯 나는 타는 목마름으로
매니저님과 예전보다 더 많은 공연과 여행을 하게 되었고
편지라는 매개체를 통해 입지전적인 인물들을 실제로 만나
생명력 있는 시를 직접 낭송하고 전달하는 행복한 시간이 계속되었다.

그렇듯 소중하고 행복한 만남 시간 속에서
특히 감사드리고 싶은 분들을 적어본다.

진실한 마음을 받아주시며 두 번이나 초대해 주시고
친히 격려해 주신 동원그룹 김재철 회장님,
외로움의 두께를 감지하시고 위로의 글을 주신 예술의 전당 고학찬사장

님,
18년 투병생활 중 병원을 다녔던 나의 소감을 감사의 시로 드리니
그의 화답으로 추천의 글을 주신 건양대학병원 김희수 박사님,
영화 촬영지에서 바쁘신데도 사랑의 글 주신 영화배우 안성기님...

이분들 외에도
더 많은 분들의 메시지가 있음을 자랑하고
앞으로 더 많은 공연을 보며 여행을 하며
일상의 모든 일, 호수 나무 바람이 주는 것을
시라는 자연의 언어로 표현하는 기술을 배우려한다.

오늘도 세상에 살면서
아름다운 기사 내용을 칭찬하는 글을 신문사에 보냈더니
사회부 기자에게서 감사의 전화가 걸려왔다.
많은 이에게 행복을 주고자 하는 나의 생각과
소원을 이루게 하리는 실천이 결코 헛되지 않았음을 알게 되었다.

그래서 나는
건강이 허락 되는 날까지
내 자신 글을 쓰는 일을 계속 진행할 것이다.

이제
진실을 담은 맑고 투명한 시들이
이제 열달 동안 시라는 아이를 품고

오랜 산고 끝에 희망이라는 사내아이를 내어 놓았다.
이 시들은 네게 아픔과 슬픔을 회복하는 힘을 주었고
미래를 바라보는 소망을 주었다.

앞으로
나는 시를 통해
나의 시를 만나는 사람들이 자유로와지고,
행복의 옷을 입을 수 있으면 한다.

많은 분들이 깊은 관심과 배려 속에서 나를 응원하셨지만
제 2시집 〈봄을 부르는 여자〉가 나오기까지 80여 편을 거의 외울 정도
로 불철주야 정성을 다해주신 매니저님께 깊은 감사의 말 전한다.

봄이물드는날